青

李雪明◎著

海天出版社
HAITIAN PUBLISHING HOUSE
·深圳·

图书在版编目（CIP）数据

青 / 李雪明著. — 深圳 : 海天出版社, 2021.10
ISBN 978-7-5507-3246-9

Ⅰ. ①青… Ⅱ. ①李… Ⅲ. ①散文集－中国－当代
Ⅳ. ①I267

中国版本图书馆CIP数据核字（2021）第148892号

青

QING

出 品 人　聂雄前
责任编辑　刘翠文
责任技编　陈洁霞
责任校对　万妮霞
封面设计　潘常欢
装帧设计　斯迈德设计 0755-8314 4228

出版发行　海天出版社
地　　址　深圳市彩田南路海天大厦（518033）
网　　址　www.htph.com.cn
订购电话　0755-83460239（邮购、团购）
排版制作　深圳市斯迈德设计企划有限公司（0755-83144228）
印　　刷　深圳市希望印务有限公司
开　　本　787mm × 1092mm　1/16
印　　张　20.25
字　　数　237千
版　　次　2021年10月第1版
印　　次　2021年10月第1次
定　　价　40.00元

常常
在万籁俱寂的夜晚，
看星辰在瑰丽的蓝天闪烁；
在阳光明媚的早晨，
听小鸟在清风中歌唱。
一路走来，
有你们……

序　言

雪明老师其人其文

赵　骥

十年前迷恋博客，隔空认识了雪明老师。

雪明老师的博文头像，清秀纯美带有深深向往的眼神，“我像雪花天上来”的签名，如靓眼的名片，我被瞬间迷倒。

于是，下滑、翻动、再下滑、再翻动……

一帧帧照片，甜美含蓄的笑靥，各种剪裁可身的或旗袍或连衣裙，精致的包包，红色的鞋子……

雪明老师，简直天使下凡！

再读博文，一如她的服饰干净，美好，纤尘不染。似乎每个字，都在用心挑选之后，经过天然泉水洗涤，织成文字的香云纱，翩然而至。写人，叙事，抒情，赞景……

雪明老师眼中世界，人好、景美、情真、天蓝、云白、风和、日丽……

雪明老师不止一次说，她感恩终身受惠的职业。

职业，如果和人的品行、爱好、愿望一脉相承，已然人间大好。

雪明老师的散文，写父母、师长、朋友、兄弟、学长学姐、学弟学妹……写身边公园、小路、茶楼、酒店、花花草草、猫猫狗狗，入眼成文。风物人情，娓娓述说。云淡风轻中把景和色、情与人完美附体，如佳偶天成。感时花溅泪，恨别鸟惊心，自然和人心每每相衬，处处相应。

雪明老师的服饰淑女，气质雅致，性情温婉美丽。不经意间有一丝不易察觉的软弱，确切说，是软而不弱。这软，似是江南女子的标配。吴侬软语，小桥流水，风花雪月。这软可让文字化作羽毛，可使星辰流做大海，可让冰川融成小溪……文字文章的软，似和风细雨，温润如玉。雪明老师，写景，写人，写情，写爱情观、幸福观、人生观。她的第三本书《我像雪花天上来》诸多篇幅诠释了她对爱情，生活，幸福的观点。礼赞“爱，是这样的静悄悄”。她喜欢的爱如林中小路，“热烈而不高亢”“深挚却不张扬”，她对好书、好剧中的人物的高贵的、刻骨铭心的爱“点一百个赞”，她喜欢用“浅浅的话”“深深的表达”。她说“爱到了极致，即使永失浪漫的相约，也是幸福的”，对真爱如是礼赞和秉持，对社会上为了钱财和肉欲狗苟蝇营的所谓爱，我和她网聊、电聊中多有交流。以雪明老师的“软”的心性，她不会慷慨陈词，也无怒发冲冠；然，她叙述女友发饰、花环、手镯、戒指、项链和鞋子被偷窃，且就在自家的卧室里。雪明老师以她沉静内敛的文字笑对龌龊。虽无河东狮吼，也分明是一只“愤怒的小鸟”。只是她和我说着、说着，又不禁低低地笑出声来，“小鸟”又飞走了。

雪明老师的《喜欢和你在一起时我的样子》文，以第一人称的方式与孩子交流，字字珠玑。

2019 年 2 月 5 日，从孩子那儿得知武汉疫情告急的一些细节，当晚 23 点 07 分始，雪明老师向人民日报微博、人民网微博、中国网微博、中国新闻网微博、中国新闻周刊微博以及深圳新闻网微博发出私信：

提出让各省负责救援武汉一个区的办法。

几天后，中央关于各省负责湖北一个地区抗疫的指示下达了！

雪明老师为自己的请求方案与国家的救援办法不谋而合而惊喜落泪。

“把过去与今天糅合起来，可以纯真，更可以淡然，于是沉静与无畏”——雪明老师这么说。

雪明老师永远干干净净，优雅娴淑。读书，喝茶，旅游，赏景，穿喜欢的旗袍，装饰美丽温暖的家，与亲人朋友师长学弟学妹甜美相处，笔耕不辍，这后者显然是她纵贯终身之“业”。这，实在让人敬佩。女人，漂亮女人，雅致的文化女人，这些给雪明老师都不过。然而，真正让人赞佩的还是她这种坚守和秉持美丽，用文章点亮别人照亮自己的大美。做到大美，是女人的极致。

雪明老师感恩她的职业，她为自己是教师庆幸。她有一众学弟学妹，他们是她的学生，也是她的“铁忠粉”。学生以有她这样的老师而骄傲。老师在他们眼中，“淡妆浓抹总相宜”，说什么，做什么都“支持”，都“站在老师这边”。人生如此，夫复何求？雪明老师第三本书的结语是“你是谁，便遇见谁”。这话似乎对我而言。我虽不若雪明老师那般美丽怡人。那般诗书礼仪全科，那般温婉娴淑。然，我遇见了。这是我与她的缘分。这缘分的七彩锦绣将一个美丽温婉的南国女子和具有“慷慨悲歌”之底蕴的北国女子紧紧相连。

谨以此为序。

人物标签：

赵骥，网名五六怡。河北唐山人氏。做过报纸编辑，机关办公室主任，党校副校长，社区书记。

全书分三章

（选文按博文发表时间的先后排序）

蝴蝶梦（47篇）

五彩蝶梦犹如放飞的理想，
一往情深编织美丽的诗篇。

玫瑰情（31篇）

娇艳的玫瑰借喻爱情，更囊括友情和亲情，年年岁岁绽放着不老的芬芳。

水晶心（49篇）

纯真的情怀就像明澈的水晶，
风情万种地释放着它的静好。

目录

蝴蝶梦

玫瑰情

水晶心

蝴蝶梦

Butterfly

五彩蝶梦犹如放飞的理想，一注情深编织美丽的诗篇。

采纳赵骥网友的意见，将《如梦》编排在第一章的首篇。

如　梦

深圳中心书城签售现场的这个背景图的一角，为76届学生王锡珍所拍摄。

人世间，让我们开怀一笑的常常是那种不可预知、却快乐地降临的快乐：

我的书——《生命中的美丽相遇》和《我像雪花天上来》的大幅的封面图被美丽的花篮和鲜花簇拥着，分别悬挂在深圳中心书城的南、北大厅的讲坛的背景墙上，先后在此举行了花朵般的“读者见面会”。

用“开心”和“感怀”都不足以描绘我如梦的心境。

第一本小文集《心海如花》又是在哪里签售的呢？

1996年，我踏上深圳这块神奇的土地时，全国罕见的数层高的诗情画意的深圳书城惊现于深圳人当时引以为豪的地王大厦对面，我常常在周末前来寻书，追索高考复习资料。穿行在如山似海的书丛，我为它的绮丽折服；又何尝想到十年之后的2006年9月16日，我的小文集挤进其中，我居然在此举行我人生的第一本书的签售仪式呢？

难道，这一切的一切，仅仅是巧合吗？

深深地不能忘记，2006年暑假，我拿着书稿，来到海天出版社，与年轻优雅的王颖编辑第一次握手。她亲切地笑着，但严肃地提醒我：

“出书是一件不容易的事，要通过省市有关部门的审核，文章必须拿得出手。”

我傻傻地沉静地答：“我可以。”

可爱的深圳，给了我一片天空！

那个满天星星的夜晚，接到小王编辑褒扬的电话后，我梦见了彩霞。

我提出自己亲手设计这个作品，得到编辑宽厚的许可和协助。大约半个月，我早出晚归往返编辑部，设计了自己意向中的图文并茂的书——粉色的封面、粉色的玫瑰，浪漫的书名（心海如花）。其时，我常常为能想法挤进一张图片而击掌。

第2本小文集继续沿用这个风格，但出版后我懊悔地察觉“彩页”以及内页的黑白照片都有点儿繁杂凌乱。

因此，第3本书《我像雪花天上来》，我在审美上惜图如金了。

新书删繁就简、凸显内敛的柔美。封面采用了优雅的阴丹士林蓝的背景来衬托晶莹的雪花，而银黄色古典的嵌花相框里的阴丹士林蓝唐装盘扣，呼之欲出，与背景息息相通。

我的3本小文集，确实都没有“预谋”的3本书，似乎是不期而至、悄然地说来就来了。

如果说，第一本小文集源于师长朋友长久的鼓励，在2006年这个节点势不可挡地爆发的话；那么2011年出版的第2本书则来自新浪网友们的推波助澜的作用；第3本诞生于2016年，则是勇气了。

十年间，我确实出了3本书，确实都是说来就来了。

记得第一本书诞生时，陈文老师说：“李老师，暑假前您说接受大家的鼓励，把自己散落的文章整理整理，暑假过后居然就看到您的新书了！”

老校长、时任市教育局副局长的唐海海则说：

“我预感——你很快会有新作问世。”

我不假思索回答：

“不会的。我很懒，仅此一本。”

…………

与其说促使我笔耕不辍的是“新浪博客”，不如说是这个日新月异的网络时代的来临让我参与并共享了它的星光；是这个美好的有创意的爱读书的城市给了我书写爱和美的阳光、雨露和土壤。

2018-07-01　14:22

那年，花开

走过如花的岁月，深情回眸。

那个夏天的晚上，青葱年华的我到学生家里访问。回来的路上在转角一隅突然发觉有人朝马路扔石块。我迟疑了一下，决心继续往前走，心里却紧张得扑通扑通跳个不停。

这时，一个高大的男孩跑过来，微笑着说：

“老师，您放心地走吧！”

…………

“石头战”戛然而止。

那个男孩是小弟的同学小吴。

我想起来了！有一次他蹲在礼堂里偷偷看当时的“禁书”《青春之歌》，我对他说：

“这本书会被没收的，拿回家看吧！”

小吴感激地说：“老师，您真好。”

我笑了。

因为，说实在的，我也喜欢那本书，我并不知道它错在哪里。

2016-01-13　12:08

魅力句号

有人赞扬句号的绝情，并说中年以后，事和情都习惯用句号。

不无道理。

年少时，看到华丽的词语我会怦然心动；看到洋洋洒洒的长文便顶礼膜拜。后来知道用语精当、恰切，不专事华美才是美。而一篇好文章，关键是它的表情达意的清晰、它的立意的精准、它的文风的亲切。

确实，中年之后，写文做事不再喜欢用逗号：

不再连绵不断地说了又说，更不会有那些无病呻吟只感动自己的儿女情长！很多时候，用句号——果决中见风骨。

无论是写文或会友，大大小小的事和情。

目前，对于手机微信里那些冗长并过于深刻的文章，我常常匆匆掠过；或者只看观点，不看论证；更多的是什么也不看。时间，于我而言，太珍贵了！如果沉湎于手机网络里，太奢侈了。甚至聚会，也是有选择的。

我享受那种句号式的安静和闲适。恐怕，青春年少时的一惊一乍、大开大合、大悲大喜已经远离了。

今天的我，注视那种宠辱不惊的气度；云开日出的沉稳；贫贱不移的坚毅；雪中送炭的高贵。

2016-09-26　14:56

有仙气的生活

当玫瑰花微笑的时候……

在布满褶皱的生活之上，那些个光明洁净的时光令我们期待和向往。比如，观看电视剧《父母爱情》，就是这样。主人公海军军官江德福和小资的妻子安杰的爱，实在是有仙气了。

想起一句话：“最好的人像孩子一样真诚，像夕阳一样温暖，像天空一样宁静。”江德福和他的妻子，从年轻到年老，每一个细节都走进我的心里。

深深地不能忘记，年老的江德福为了跟上能歌善舞的妻子的舞步，夜深了仍然笨拙地顽强地学跳舞。他对妻子的爱没有因岁月的流逝而有一丝一毫的改变。

坚如磐石的爱在于灵魂相拥。

人的相爱不在于性格一致，不在于情趣相似，更不在于生活习俗一样。走着走着，高雅的安杰接受并增添了质朴的乡土气味儿；而淳朴的江德福则穿洋装、戴礼帽——他们各自走入了对方的领域。

真正美好的爱情一定有一个共同的基点，那就是诚实、善良。即使江德福对安杰千般疼、万般爱，但他依然一开始就坦率勇敢地告诉对方自己是有“婚史”的人；甚至于没有任何瓜葛的“前妻”的儿子冒充儿子找到他——

为了家人他担当所有、坚忍所有……

他们的爱情没有遭遇变色和“出轨”之类，虽然有风也有雨。

正是这风风雨雨的美丽人生写满着深入骨髓的爱，在这个说变就变的世道，“有仙气的生活，是素手把芙蓉，与清风流水的小时光相拥。轻轻地活着，芬芳地活着”。

2016-11-02　16:40

有梦不觉天寒

我的石头小娃娃。

天色不会永远黯淡，太阳总要归来。

真的呀！怀揣着希望的日子，就如同春天。

这一个多月，想了许多人、许多事。

那个旧日同事的妻子，放弃省城优厚的工作和生活环境，打道回府开荒种地，在粤北乳源的天井山上，建造了“粤凤”山庄，以最古朴的生活方式，迎接八方来客；而我们那位同事朋友，则栖居在诗意的广州，继续他的教育理想。每每见到这位校长朋友的疲惫、清癯的脸，我们都心疼。

他却不疼。反而调侃着：“哎呀！老婆喜欢，没辙。”

他的微信平台，最多的是关于这个山庄的报道：

一棵草、一株花、一块石……来访的客人如何对月高歌，呼朋引伴地欢聚一堂。

在外人看来，这两夫妻一南一北地忙碌着、劳作着，值得吗？

图啥？

今天，我突然明白：有憧憬、有梦的日子永远不寂寞。

借别人的话写成两句诗：

惟愿风吹雪飘，
白了人间；
但求梅落香淡，
红了江南。

2017－01－05　15:48

美丽的年华就应该美丽

董卿——腹有诗书气自华。但小时候，董爸爸的“虎爸”教育，令我瞠目结舌。

那个年头，董爸爸不让女儿照镜子；也不怎么给孩子穿新衣；让她抄古诗文；让她天天长跑；寒暑假还要去“勤工俭学”……近乎残酷的教育，的确让董卿出人头地了！她考取了复旦大学……一步一个脚印走到宝塔尖上。

但我想说——如果成功需要这样，我甘愿平庸。

如果我有女孩儿，我会给她穿漂亮的裙子；给她扎可爱的辫子。我要让她从小就知道美丽是什么。

我庆幸我的父母给我幸福的童年。美丽，不一定要大富大贵。

我不研究“富养”和“穷养”，我只简简单单实实在在地给我的孩子以美好的童年，让她开心、给她快乐！我要告诉她美还在于心性要温和，要善良，要文静；我还要告诉她勇敢和坚强是大美；更要告诉她如何机智地保护好自己。

董爸爸的一系列的严苛的教育在于告诉孩子：要学会坚持。他“坚持”在困苦中铸就“坚持”；我“坚持”在自由、快乐中美丽勇敢和坚定。

生命如此短暂，生命如此可爱！我的孩子，我希望她从小就快乐多于忧愁；美丽多于丑陋；安静多于躁动——

如此，才不负于美丽的年华。

2017-02-13　18:22

做一个怎样的人

虫虫心雨网友如是说：

人活一世，要么有深度；要么有趣；要么安静。

喜欢并赞赏。

“有深度”是睿智而不平凡；

“有趣”是浪漫而不粗俗；

“安静”是低调而不奢华。

确实，一辈子真正做到其中一点已经很优秀了。我感到：“安静”是必须的，进而优雅可爱；“有深度”是高层次的——去除肤浅和平庸非一日之功也！需要长期甚至一生的学习和思索。

先“安静”，再“有趣”，然后“有深度”吧。

2017-04-25　16:35

气质如兰

美丽的贝壳剧院图由78届学生梁丽琼提供。

题记：个高不等于伟岸，多金不代表风度。

日前到珠海，车子驶过美丽的环海“情侣路”时，赫然见到海面上有两只巨大的月白色的贝壳类型的东西，美丽壮观！后来才知道，它是中国唯一的建立在海上的剧院——珠海大剧院。

这是何等奇思妙想的设计啊！

有道是：珠生于贝，贝生于海；日月相映，山海相托。

美哉！

大约没有许多一线城市多金却贵为“经济特区”的珠海，绝不霸气；更无论俗气。这里似乎没有什么灯红酒绿的大幅广告，也没有鳞次栉比的摩天大楼。恰恰正是它的不骄不媚的低调温婉让我感受到那种举手投足的脱俗清新。

个高不等于伟岸，多金不代表风度。

喜欢珠海窗明几净、一尘不染，喜欢珠海人不疾不徐的从容的步履；更喜欢移民城市的珠海人虽不同声却同气的友善平和——也因此，我常常感觉回到了省城广州！我也深切喜爱广州的大气磅礴中的精巧细腻。可爱的广州有着悠久的历史、深厚的岭南文化。中山大学的红墙绿瓦、西关的五彩玻璃窗、珠江河畔妩媚的“小蛮腰”、越秀山上巍峨的“五羊”……

有些多金的一线城市让人不舒畅之处是它的“不拘小节”。如果说珠海地不广、人不众、说服力欠强，那么广州呢？我们的老大哥城市默默地给出了优雅的回应——同样高楼林立、车水马龙的广州的卫生状况却几乎是无可挑剔的。

一个城市的灵魂通过外在的窗口和内在的素养得到淋漓尽致的体现。城和人一样呢！气质如兰方诗意盎然。如果美丽仅仅在于外形，那是苍白无力的。而珠海真的就是一粒珠子，温润可人地和浩瀚的大海相依相偎。

诗情画意的神仙国啊！怎不是读书人向往的地方呢？

难怪，中山大学、暨南大学、北京师范大学、北京理工大学等著名学府的分校区选址于此了。栖居于天蓝水绿、莺飞草长的珠海的莘莘学子何其幸福！

书声琅琅与不奢华的高贵应是珠联璧合了吧？

2017-06-13　09:51

人生的平衡点

日前，人民网微博谈道：

人的一生，就像在跷跷板上行走，总是从低的那头往高处走，一步比一步难！当我们终于到达高处时，其实又开始往下走了！愈往高处走就愈难平衡。来回许多次，我们发现，站上高点不容易，因为始终找不到平衡点。

也有一种办法可以令我们站到高处，就是有人在跷跷板的低处支撑着我们——或许是家人，爱人；或许是被我们干掉的敌人。

终于有一天，我们知道，找到人生的平衡点时，就是最高处。

那么，人生的平衡点是什么呢？

我想：就是淡看得失。

2017-06-24　19:53

军旅梦

军装照素材取自上方的花环图。

题记：谨以此文献给中国人民解放军建军90周年。

前天清晨，《深圳晚报》副总编辑周智琛在微信朋友圈亮出了他的“军人照”，题头的话为：

当我穿上抗日战争时期的军装，原来是这样的。

我提笔写道：

周总，你到部队政治处吧。这军装，让你帅呆了！

他回复：

挺像政治部的，不像打仗的。

我又说：

给部队整个《前线报》。

我们才华横溢的周总编谦和地自报家门：

新华日报记者周智琛。

我随即在照片的“识别二维码，获取军装照”里尝试了，不过只限于某个时期。于是，我又打开手机，旋即看到市中医院的针灸高手温宇航学生弟弟的“军装照”，他甚至让还未上小学的宝贝女儿也穿上了绿军装。

他在其平台上写上自己收藏的一句名言：“一定要把军装做到最帅，这样才能吸引到更多的青年人来穿它，然后冲锋陷阵。”

我说：“你的小公主当兵了？”

他回复：是的，准备报考军事医学院。

他还展示了数句名人名言。如陆游的“位卑未敢忘忧国”，顾炎武的“天下兴亡，匹夫有责”……

我不禁写道：“宇航，你是胸有朝阳的好医生。”

…………

我按宇航的指点，随即拿到了我心驰神往的数张英姿飒爽的军装照。

晚上，我将照片投进韶关地委大院的小伙伴群里，引起热议。妙玲说如果涂点口红就更漂亮了。我平时就极少抹口红，而我套用的那张保留在手机上的比较清晰的头像恰恰是黑白照，所以嘴唇特别黑。

那些年，我曾经穿上小玲、妙玲、玲玲的姐姐的军装拍照的情景历历在目！

也许，每一个人的青葱岁月，都会有保家卫国的军旅梦吧？

2017-08-01　08:25

爱体育的女孩的华丽转身

知道她，很偶然。

我在闲谈中得以发现曾经的一个女孩，早已长大。

作为体育特长生，她入学的文化分远远超出了这个在深圳首屈一指的中学的录取分数线。

而这位看起来娇弱的小女生，小学六年级时勇夺女子400米冠军；初中就已经是深圳市体委注册的田径运动员了。

如果仅仅是喜欢体育，也就罢了。偏偏是她并非靠“特长”进入这个优秀学生集合成群的深圳中学的，偏偏是她不经意的绽放惊艳了四方！

最不可思议的是那年、那月、那日，她做了一件感动自己的了不起的事。

高二年级，结束了在瑞典的“交换学习”回到学校，便得知因运动员人数不足、体育组老师准备不组织队伍出战市中学生田径运动会，女孩儿很惆怅；但她很快决意自己组队，代表学校出征。这个想法得到父母亲的支持。当晚她拟定了“倡议公告”，呼吁同学们火速报名，为学校争光。次日，第一个报名的居然是高三年级标准体系的一名男生。大约用了三天时间，田径队员组队成功。作为队长，她召集队员们面见教练并一一填写了参赛报名表。最感动的是在两个月的集训里，学业负担最重的高三学长每次都按时到场……

终生难忘的那一天到来了！当播音员高声播报参加市中学生田径运动会的学校——“深圳中学”时，女孩的热泪夺眶而出。

就是这一个细节，震撼了我。

这是无私无畏的担当精神！

我想起了 1932 年，第 10 届奥运会在美国洛杉矶举行。东北大学学生刘长春单枪匹马远赴重洋参赛。开幕式上，刘长春慨然地高举代表 4.5 亿同胞的国旗出场，教练跟着他；后面还有在美国临时邀请的 4 位同胞。这是只有一个运动员的队伍！

与其说是单枪匹马的屈辱和心酸，不如说是长驱直入、慨然赴战的壮丽！

可爱的女孩，你的美丽就在这里！不缺席的果敢堪比兵强马壮的威仪。

而她的第二个出其不意的亮相是在出国求学中。娇弱的女孩从容淡定地为来自世界各地的同学补习“数理统计”。她的学生从三两人很快发展到四十多人。这些同学因她的指导帮助顺利冲关而感激异常。

有志气的底气来源于坚实的知识功底。这或许也是深圳中学学生的一个特质吧？

这个女孩的过人的胆略和勇气打动了我，她是深圳中学 2015 届“国际体系”的陈住瑜。

2017-08-05　17:00

美丽大于成功

题记：掌声支持不畏艰辛的跋涉者！

一个偶然的机会，见到了融百家之长的书画大师成熙斌先生。在他发给我的几幅画作中，我尤其喜欢那只趾高气扬的大公鸡。它的尖尖的小嘴惟妙惟肖，那只抬起的爪子苍劲有力，雄赳赳地飞扬着翅膀。

而另外两只，伶牙俐齿地左顾右盼。

细腻传神还表现在小松鼠上：它的圆圆的眼睛和细细的髭须跃然纸上，前爪娇媚地抵着泥地，肥硕的尾巴形成一条可爱的弧线——好像是一个代表性的特写符号。

至于那些海虾，更是细须细脚地袅袅婷婷着，浓淡相宜、轻酌浅醉地点染出厚重和大气。

让我深深感慨的是他的成才之路艰辛可贵。在我看来，这个过程折射出的美丽大于他的功勋。首先，是画家本人的锲而不舍的追梦；其次则是生命中相遇的善良和大义。

敦厚的他生于僻远、贫瘠的乡村，与生俱来喜爱文学艺术的他得到多才多艺却命运多舛的叔叔的智慧点燃。最终他遇到三位恩师：

他的初中的班主任兼语文老师刘阿英。

有次上课前，成熙斌用湿抹布在黑板上模仿老师的书法、写老师的名字并在旁边画了一个人。同学们哈哈大笑时，刘老师正悄悄地站在一边。当老师喊他时，他吓坏了！但爱才的老师没有责备他，只淡淡地说："你这家伙，有天赋！是个人才。"

此后，老师不时给他开小灶，教他练书法。

中学期间，成熙斌应征入伍成为一名武警战士，继续追梦。在甘南州群艺馆，得到艺术造诣高的庞彩荷老师的帮助。老师教授了素描、速写，他由此知道了国画、西画的区别。后来下连队离别了群艺馆，得到庞老师赠送的《达芬奇绘画论》。之后老师在书信中为他进行讲解，还指引他到当地图书馆借阅西方文艺复兴时期的梵高、高更、丢勒等的作品集。

第二位恩师大约是一个群像：靳之林、张仃、靳尚宜、王国仁、陈忠志等名师。从北京带学生来甘南草原写生的老师络绎不绝，这是天赐机缘！成熙斌与美术大师们亲密接触，幸运地得到这些大情大义的老师的悉心指引。

2014 年，凭着对艺术炽热的爱，他几经周折，来到梦想中的清华大学美术学院，遇到了一位贾姓老师，也给予他多方指点……

梦想成真的条件是：主观的向往和客观的外助。

成熙斌一步一个脚印地做到了。

他身上的光环映照着这人间的美好：

中国艺术学会常务理事、北京中国书画界联合会会员、中国艺魂杂志编委……

2018-01-25　16:47

仰望星空

太阳很亮，花很红。

早上，在新浪网里读到央视新闻的这个消息：外卖小哥深夜街边痛哭。

河南郑州的这位外卖小哥李云，为给身患白血病的小儿子筹钱治病曾一天工作 16 小时。这天儿子突发高烧，给孩子送药耽误了送餐时间遭退单的他情绪顷刻崩溃，在街边痛哭。不少知情人纷纷向他伸出援手……所幸，目前李云的大儿子已成功捐出造血干细胞给弟弟。

心情沉重的我写下评论："不要轻易退单。生活不易！多体谅旁边的人。"

而日前，才在中国网读到这么一段话：

记住要仰望星空，不要低头看脚下。无论生活如何艰难，请保持一颗好奇心，你总会找到自己的路和属于自己的成功。

我回应："永远向上！不惧脚下千难万险。"

每个人其实都不会万事如意。我们要有永不言败的姿态仰望星空，而不是一步三回头地嗟叹并渲染那悲凉。想起俞敏洪先生这么说，“做人要有正确的渴望带动生命前行”。俞先生说他能走到今天，重要的原因是内心有一种渴望，希望明天比今天更好。他特别提及要有正确的渴望，目标是向上的，保证做人做事不能偏离正轨；同时绝不能好高骛远。正是脚踏实地、一步一步叠加，做成了今天的新东方。虽然不算太大，但目前还没有太多的危机。

他还说有两种生活方式：一种像草；一种是树。草每年也在成长，但毕竟只是一棵草，长不高。而人们可以踩着你，却不会因你的痛苦而痛苦；更不会因你被踩而怜悯你——甚至压根儿就没把你放在眼里。而树，以自己高昂的态势，一天天长高，直抵云霄。远远地、人们就能看到你，走近你，享受你带来的清凉。活着是美丽的风景，死了依然是栋梁之材。俞敏洪先生认为我们每个人都应该渴望做一棵树，立于天地之间，无悔、无愧。

三毛也说：如果有来生，要做一棵树，站成永恒……非常沉默，非常骄傲……

好的，我会坚定地仰望曼妙的星空，不依靠、不回头、不寻找。

2018-04-26　14:04

归来仍是少年

昨晚，电视新闻播放环卫工人艰辛地清扫垃圾的场景时，孩子说："应该给环卫工人加薪。他们最老实、最辛劳。"而他过去就说过，乱扔一个小小的果核，也会危及工人的生命。我深有感触地再次想起了小婉校长朋友。

那天我们走出大门，她深情地注视着远远站立着的一群环卫工。落座后，记不清在何语境下我不经意地说"这个复杂的社会，有时候某些小人物更难免俗"时，小婉的先生、沉静的郑华主任马上接话："小人物值得我们同情……"

如此，非偶然。

20年前，我与郑华同事，因而有机会知晓此时已是中学校长的李小婉。年轻的她来学校参加一个教研活动，我们恰巧坐在一起，匆匆交谈了两句，她给我的第一印象是年轻美丽、自信大气。她是深圳教育系统公开选拔的首位女校长，她奉行"以人为本"的教育理念为深圳教育界所关注。

一名好校长，如果备受师生拥戴，至少有两个本领：专业知识过硬；管理能力高强。这些，我在报道她的一个公众号的留言里见证了。我注意到她现在的一个身份符号为——深圳市三八红旗手协会秘书长。

那天，我们并排坐着喝茶。这是我和她20年后的第二次握手。只见她穿着考究，干净利落；眼里写满故事，脸上却不见风霜。

复旦大学陈果教授认为人生的两个目标是：一是幸福地生活，二是在自己力所能及的范围帮助更多的人幸福地生活。

小婉朋友，你就是这个幸福的人。无论过去还是今天，我从你的笑脸都读出“我若在你心上，情敌三千又怎样”？正是一场大病，考验了爱情；更考验了你的慈悲又有爱的美心。

2015年，李小婉在深圳市妇联的支持下，主持了“妈妈来电”的专线项目，创建了一条留守儿童和妈妈的心灵专线。

深圳4.4万环卫工中女性有1.8万，40~60岁占比70%。她们文化程度低，很难和不在身边的孩子沟通！有幸的是，小婉校长睿智、温柔的目光落到了这里。这个心灵热线，接通1000多个电话，帮助了600多个家庭。

可爱的小婉校长说：

“我只是帮助她们点燃了一盏灯”，把科学的亲子沟通技巧传递给她们，让爱走进留守儿童的心。

造福千家万户的大德大善。

我眼中的她：善良、睿智、美丽、温和。

我那天说了一句：“你的格局、器量和郑华的温和友善很搭，长盛不衰。”她嫣然一笑说自己的家翁在非常时期的一个难忘的阴影让其爱人有时会显得沉稳有余。浅浅一句，让我折服。

小婉朋友，你的善解人意在于你的气场；更在于你的善良。就如你对困境中的帮扶人员所说的“两个人的爱情里，三观一致比物质更重要”一样。

初次见面，你就说和我有类似的地方。果不其然，当话题不经意地转到“广场大妈”时，我们的不约而同比不期而遇更惊喜。即使仅仅是第二次握手，我们那份彼此无需设防的内心松弛、不经意的流畅自如，让我们无比愉悦快慰。因为——世界上最幸福的事莫过于有人毫无理由地站在你这边。

你幽默地调侃：

“我也是大院的。”

顷刻间，我明白了。你不但听郑华主任说，还看了他购买的我的第三本小文集《我像雪花天上来》里面的《大院》文。原来，我们有着共同的乡音乃至相同的背景，彼此可以直抵对方的灵魂高地。

2018-05-02　13:47

格局与信仰

雪明老师

5-29 16:13 来自 华为P9手机摄影再突破

18.6万 阅读 推广

一个人的美丽理想在平淡现世中的坚守——这是我为贵州锦屏县河口乡的邮递员张林昌写下的评论。

这位凡人中的真心英雄31年跑遍24万多公里为乡亲们送信。这条路山高坡陡！他每日里翻山越岭，肩挑背驮……

美丽，不一定是豪言壮语。

一天半内，我的一则阅读量较大的微博。

题记：其实，信仰因人而立；自身的格局又左右着自己追随的信仰。

有高尚的格局兼具远大理想者，也会被不同道的人所敬仰。

仅仅一天半的时间，我的一则微博的阅读量居然达到 18.6 万。

这是我为贵州的一名乡邮员写的。

关键词是：一个人的美丽理想在平淡现世中的坚守。

这个惊人的阅读量，坚定了我两天前萌发的写作欲望——

那是我看到《人民日报》里说的关于董存瑞的故事。这个单手擎天的英雄离开我们70年了。我是听着他的故事长大的。那句“为了新中国，前进！”在我的耳边千万次地响起。现在，我知道它是被艺术加工的。在隆化战役里，身为班长的董存瑞拿着炸药包冲到敌人猛烈火力封锁的桥型暗堡下时，解放军的冲锋号响了！他意识到战友们将遭受火舌般的机枪的扫射，他那一刻喊出的是：

“同志们趴下，趴下！”

他用自己的血肉之躯为战友铺设了一条“为了新中国，前进”的大道……

四年前，看了《北平无战事》近20集后，我写下《为信仰而生者万岁》一文。这是我迄今为止看到的一部比较真切、比较撼动人心的反映国共两党之争的电视剧。

这部电视剧有一个镜头是异乎寻常的：

中共地下党员、国民党空军大队队长方孟敖转身昂首向前时，万念俱灰的国民党少将督察曾可达拔出手枪——没有对准他的党派的对立者，而是把枪口对准自己！

…………

这一幕，永远震撼我的心灵。

这两个人，都各自为自己的信仰而生。他们没有个人争斗，没有私欲，没有猥琐。

他们只是对手。

这两三天我飞速看完的《双刺》却如鲠在喉。这部电视剧里的中共地下党员彭刚与妻子（国民党城防大队长吴佩欣）的情感纠葛让人几乎无法看下去。我坚持看到结局。

彭刚为信仰而奋不顾身捐躯，但我怎么看着都有一种为自己洗净冤屈的悲壮，怎么看着都为他不值！电视剧一开始渲染的他的机智缜密的思维越靠后越拧巴！关键在于他那位“战火中结下生死爱情”的妻子是一个缺乏温柔缺乏冷静的“男人婆”。

吴佩欣的闺蜜肖静秘书则让我非常欣佩。

她退出军统，原因是多方面的。她与中共党员林凯的无望的爱情让她下决心捍卫闺蜜来之不易的家庭，她说不忍心看着吴佩欣与彭刚因为各自的信仰而分开。她一再的毅然决然的出手简直是义薄云天了。在彭刚因疏忽而即刻被捕的千钧一发时，肖静不惜一切机智勇敢地掩护了他，化险为夷。

肖静有信仰吗？我认为有。她参加军统的初衷是抗日救国，后来离开军统有情感上的搏击、有对内战的厌倦，更有对渴望的幸福的无疾而终的失望。她义无反顾地一次次地帮助吴佩欣和彭刚，展示了她的善良仁义的格局以及对自由美好的向往。

写到这里，言归正传了。

我个人认为，一个人的格局对其信仰起一种牵制作用。

一个大格局的人，会忠于信仰并为之努力奋斗。所谓大格局，无外乎是人内里的质地是否磊落光明、是否善良忠贞、是否大情大义。

我的这则一天近 20 万人青睐的微博里写的张林昌，没有豪言壮语，但他 31 年里跑了 24 万多公里为乡亲们送信，不怕山高路远，不惜肩挑背驮。

他的坚持里有善良，有情义，有勇敢，有无私。

董存瑞听到冲锋号响起来，毅然用身体做支架拉响炸药包……

谁不珍惜宝贵的生命？正是爱战友的善良、忠于信仰的大义让不满 19 岁的他的生命化作了金星！

回过头来看《双刺》中的吴佩欣，出于个人的私利、歇斯底里地

枪杀了中共地下党员、她的父亲的至交江一林；诡异地骗过丈夫而诱捕了中共地下党的成都领导者胡浦；疯狂误杀了美丽善良的闺蜜肖静；又不顾一切地“维护”着中共党员身份的丈夫彭刚！她有的是自私、乖张、霸道的“男人婆”的本色，哪来的正义、朴实的大格局？她的气急败坏、毫无章法，更遑论信仰。

其实，信仰因人而立，自身的格局又左右着自己追随的信仰。

有高尚的格局兼具远大理想者，也会被不同道的人所敬仰。

2018-05-31　16:31

原　点

把花儿画到旗袍上。

人最大的不幸，不是生活的困苦和落寞；而是在劳顿奔徙中不知所往、不知所措。这个观点是在《深圳晚报》的新浪微博里捕捉到的。

感谢分享。

用智慧去追溯自己的足迹，学会幸福！

原来，我离幸运那么近。

小学时，想当作家的缘由是作文被老师张榜了；初中时，想当翻译是被英文迷住了；“文革”中，又被亮丽的风景线——文艺兵的绿军装给震住了……

最终，我被老师推荐去师范学校读书而成为了老师。

今天，依然很羞愧地承认我决心做一名有抱负的人民教师居然出自于一本外文书的启迪。它生动地叙写了朝鲜功勋教师金老师的光辉岁月。我甚至效法她把长辫子梳成发髻，目的是分散学生专注它的注意力。金老师的金科玉律是：教师不应经常变换发型，教师应言传身教。

于是，我保持发型数十年。

拥有一个梦想，有一个理由去坚强。

从春到秋，不慌张。

“心安茅屋稳，性定菜根香”。流年陌上，花开如雨、雪落成诗。虽然时代局限，我无缘于一度青睐的外交翻译；但我的文学就是我的歌——文学与艺术很近！我不曾走远，一直在原点。

2018-06-25　16:23

曾经沧海

当年的军中姐妹花。

昨天，看到这张姐妹花合照，那首歌谣随即在我的耳边响起：

我还是相信，星星会说话，石头会开花；

穿过夏天的木栅栏和冬天的风雪之后，你终会到达！

久违了！我的好友。

娃玲和她的姐姐秋玲，在我青春的记忆中像云雀、如白云。

上世纪六十年代，姐妹俩登台表演的二重唱《听我们歌唱毛泽东》山高水长地屹立在我的眼前、流淌在我的心间。

秋玲学姐，是校园里的风景线。她的五官非常标致，身材婀娜。我特别喜欢她的沉静。现在想来她好像天生就有点儿忧郁美。

圆圆脸、短短辫的娃玲，则比姐姐爱笑。

姐妹俩双双光荣入伍，英姿飒爽。轰动山城。

后来，秋玲因病提前转业。深切记得那一天，大街上有人轻声地呼唤我，回头望，惊喜地见到秋玲学姐！虽然她的脸色有点儿苍白，但秀丽依然、玉立亭亭。

再后来，知道众多追求她的兵哥哥里的一位执着坚持关顾她的他而终于赢得芳心。

最深切的爱大抵是默默地等待了——

不怕山高路滑，不怕水深泥泞。

想来，真正活过——当是有岁月不回头的辉煌、真爱无需表白的淡定吧？

2018-08-03　16:41

望星空

昨天，偶遇一个简单别致的小花瓶，我毫不犹疑买下它，连同那株叶子。

花店小妹告诉我，那是栀子花。

其花语：坚强、永恒的爱、一生的守候。

七夕，栀子花香，不仅仅是纯真爱情的召唤；也是思念前辈、追怀英烈的花香如梦的夜晚。

冥冥中，有一种神力在庇护着我。清晨，看到小玲友在大院发小群转发的《1700个集体赴死的年轻人……》，我挥笔写下：

魂系蓝天，壮志凌云！

虽然这则悲壮的史实，我早已了然于胸；但每读一次，都心潮澎湃。与化作星星的平均年龄23岁的他们——中国第一代战斗机飞行员相比，我们工作与生活中的所有的困难、不幸，都不过是一场雨、一阵风。

1932年，九一八事变仅4个月后，东北三省沦陷。国民政府在杭州笕桥成立了培养中国第一代飞行军官的中央航空学校。

相信世界上再没有第二所学校会以这样的文字作为校训：

“我们的身体、飞机和炸弹，当与敌人兵舰阵地同归于尽！”

——这是在侵略者步步进逼的时候，中华民族发出的吼声。

1700 名出身名门望族的有志青年，抛弃锦衣玉食、舍弃最高学府、告别爹娘、惜别玫瑰，前仆后继以身殉国，永铸星空！

璀璨的银河，因之辽阔、壮丽。

2018-08-16　17:08

影　子

孩子是我们的影子，大体如此吧？

而逆父母所教自成风姿的，少。

在一个聚会上，两个女孩收到了几乎一模一样的洋娃娃。4 岁的孩子的娃娃是穿了粉色高跟鞋的。当两岁的孩子哭着说想要小姐姐那只洋娃娃时，4 岁孩子的母亲劝道：

“妹妹小，你应把娃娃给妹妹。”孩子舍不得，也哭了。

两岁孩子的妈妈对闺女说：

“穿鞋子的娃娃确实很漂亮，可是这个赤脚的娃娃是叔叔买给你的。叔叔出差了，心里还想着你，想着给你买漂亮的娃娃。这是别人对你的心意。我们怎能挑剔别人的心意呢？”

女孩儿听后，立刻不哭了。对小姐姐说：

“姐姐你别哭了，娃娃给你了。”

这个可爱的母亲把“感恩、不挑剔别人的礼物”的独特的教导传授给自己幼小的孩子。我们有理由相信：

孩子亭亭玉立时，一定如妈妈那样优雅而光彩照人。

日前，我也见到一位彬彬有礼的年轻的奶奶在电梯门口对四五岁的孙子说：

“让里面的人出来后，我们再进去。”

孩子从小便练就的良好教养，必将受用一生。

不过，前几天我在大沙河生态长廊里看到的一幕就大相径庭了：一个小女孩儿拉扯一丛鲜花，我轻声劝阻孩子时，她的父亲在不远处置若罔闻。因此，孩子我行我素。大约，他认为自己爱孩子吧？他觉得不能阻止孩子对花朵的爱却忽略了更重要的美丽。

骄纵，会是一个女孩的什么秉性呢？

更有一个人骑着电单车载着自己幼小的孩子路过快递哥的车子时停下，顺手牵羊拿走车子里的几盒饭菜之类的东西，扬长而去。看到这个视频，我简直不敢相信自己的眼睛。

唉！自己若是寸量铢称、睚眦必报的非君子，又怎么能培育出风姿绰约、顶天立地的花仙子和小王子呢？

2018-10-06　16:24

享有过程——是不必执意结果的

之所以这样命题，在于和诸君分享我的最惬意的时光。

培根的一句话大约可以作为引子吧？

培根说："读书不是为了雄辩和驳斥，也不是为了轻信和盲从；而是为了思考和权衡。"

我想：活着，真的不要过于拘谨目的为好。如读书，是给自己以知识和智慧；而我看电视剧、电影和小说，常常会沉湎于人物与事件之中，感同身受，凤凰涅槃。

能够快乐地活着，无视琐屑生活的疲惫不堪，不等同于理智上的压制；恰恰相反，学习给我们以充盈美丽。

精神的伟力，足以蔑视人间疾苦。

于小小的我而言，能够拥抱灵魂的，往往是信仰的摹想与实践。许多美好，其实是在观赏文学艺术的过程中逐步清晰、逐步上升、逐步破茧成蝶并漫天飞舞的。

日前，我追看了电视连续剧《红色》。这部以淞沪会战为背景的片子，没有描写正面战场的气壮山河，凭着草蛇灰线的情节反映了抗战的艰苦卓绝。细腻、传神的杂色人物，栩栩如生地穿梭于主线内外，让我们真切地触摸到那个惊心动魄的时代。

主角徐天和田丹没有角色化、没有被拔高。田丹机智绝杀侵略者的行动取决于杀父弑母的血海深仇；徐天则一心想陪伴老母亲过平静生活。但最终与侵略者以死相搏，在于他目睹贾小七等中共党员前仆后继以身殉国的惨烈。他一诺千金完成重托并逐步成为一名红色尖兵是顺理成章的。他的可贵并非一腔热血，而是真诚、信守诺言。见血就晕的他，为了心爱的田丹他可以直视淋漓的鲜血；还可以手起刀落剁下自己的一根指头来……宁折不弯的光辉闪耀在黑暗的人间。历经劫难而能非凡地一次次胜算的他最终成就了自己的信仰。

面对这个从容不迫的英雄，我唯有叹服。

相反，侵略者影佐和长谷，却流于脸谱化，不真实。

电视剧也好、电影小说也罢，记不住故事的来龙去脉、甚至记不清结局都不奇怪。因为记忆的链接再牢，也会有脱落之时。唯有那些个过目不忘的唯美画面永垂心间！

比如《红色》里的小裁缝陆宝荣知道心上人小翠曾经的婚史后不由表现出失落和暴躁，当小翠与理发师故意过招而险些中计后，可爱的陆君顿生醋意，最终拍案而起的小小侠义让观众忍俊不禁……栩栩如生的小人物的善良和友爱在如狼似虎的侵略者长谷面前的同仇敌忾更让人很难忘却。有了这些颇为立体的群星的簇拥铺垫，电视剧的主题才更加真切广阔。

是的，我们可以忘却许多情节，甚至结果；但呼之欲出的大大小小的人物形象根植的细节却永远掠过历史的尘埃，熠熠发光。

2018−10−17　19:53

生命礼赞

岁月的暖，漫过时间的河。

从拥有斑斓秋树的北京回到四季葱绿的深圳——

竟然依依不舍。

家里客厅的墙上挂着一幅油画：黄灿灿的一棵秋树。

记得我在万千图画中一眼看中了它后，请慧心的年轻画家给它加了一个秋千和一只小鸟。

在我看来，有了秋千和小鸟，秋树的意境就活跃起来了。落叶的枯萎飞离了画面。

秋，带给我或多或少的清冷。

然而，徜徉于怀柔的雁栖湖、极目香山并醉心于北京植物园的金色的辉煌与红色的绚丽中时，我才幡然醒悟：

那一排排、一行行的千株万树散发出的迷人光华，竟是如此壮丽！它的叶子金黄金黄，深红深红——生命终结的前奏，来得那样开怀、那样从容不迫。

如果说，遍地的鲜花带给我们的是婀娜的美；那么，满眼七彩的树，扑面而来的是一种无言的高贵。

生命的凋零不必慌张，不过是一个轮回。

黄叶落地、冬去春又来。

生命，如此美丽！

昂然地矗立着。

伟岸并灿然。

2018-10-30　16:34

与你共舞

我的童年，没有手机、没有电脑、没有电视。学到一个色彩缤纷的新词，都会莫名地激动、兴奋。

青年时期，那些高亢、激越的文句常常让我神清气爽，志得意满般快乐。

时间的淬炼，改变了我的思维以及审美。我不再仅仅被文字的外衣所吸引；却为清秀朴实而沉醉。我懂得了：高贵，更多的是内里的沉静。

今天，北方雪花飘飘。

我在温暖的南方。读文，和那些美丽的精灵起舞。

舞曲一：失去希望，比没有勇气更悲哀

我以为小鸟飞不过沧海，是因为小鸟没有飞过沧海的勇气。十年以后我才发现，不是小鸟飞不过去，而是沧海的那头，早已没有了期待！（柏拉图）

舞曲二：无敌的力量

人在一辈子当中，究竟是什么力量让我们获得勇气去面对生活的一道道坎？也许是因为一件你爱做的事，也许是因为你爱的一个人。

这些用力活着的小人物，和你我一样，都在用各自的浪漫主义和英雄色彩，纵越生活的荆棘。（乐一狸）

舞曲三：幸福的密码

所有靠物质支撑的幸福感，都不能持久，都会随着物质的离去而离去。只有内心的淡定和宁静产生的身心愉悦，才是幸福的真正源泉。（霍华德·金森）

2018-12-07　18:36

荆棘与鲜花

写下这个题目，是读到两个人的话。

首先是几米。他是台湾绘本画家，其作品风靡华人圈；美、法、德、希腊、韩、日、泰国等国家皆有译本。

他用画笔描绘梦想，拥有无数读者。

他的奇迹在于癌症的打击成就了“真正的几米”。在他最绝望的时刻，他发现自己的画面越来越空旷，人物越来越小。

特殊关口，几米停止了悲伤。他考虑着：

“我能不能有一本书，让我的孩子在长大以后看到这些作品都是爸爸画的。”这成为几米的一个非常伤感而诚挚的创作理由。

我想，这抑或是爱，伟大的父爱“让绘本生出生命之花”。

于是，奇迹一天天产生。

几米说，人生的变化无常是美丽的。

他的《向左走，向右走》的爱情故事温暖着人们的记忆。

等到他离开医院，医生告诉他，如果能撑过2000年，那么他的存活率将非常之高。

于是异常紧凑、非一般紧张的几年，他的《地下铁》在孕育生长。几米说：

“我始终害怕《地下铁》画不完，它成为我重新走入世界的对死亡的独白。”这期间他随时准备与世界告别。他将它画成了自己认为最具想象力的作品。它的舞台剧版本里，每当扮演盲女的陈绮贞谢幕鞠躬，他就泪崩。这是几米经历生命无常的考验之后，向读者的感谢。

第二位为腾讯公司董事长兼首席执行官马化腾，我读到他一个发言片段。

他说在腾讯的发展过程中，有许多挑战，有些甚至是到了生死关口……

辉煌与微小竟然是息息相关的。我特别欣赏马先生如是说：

从来没有把成功看作理所当然，一直如履薄冰。希望为用户带来最好的体验。

是的，没有谦虚谨慎；没有诚惶诚恐——就没有如日中天。

更何况我等凡夫俗子呢？

我们的学习、工作和生活也不能理所当然地一路欢歌。有时挫折、失败甚至垂危，反而激发了潜能。

写到这里，与成功人士感同身受。当一个人倾力一搏，与死亡对峙而无所畏惧、一往无前的时候，荆棘已经变成了鲜花。

更何况那些还够不着死亡尾巴的——委屈、困难甚至邪恶，大约还算不上荆棘呢！

2018-12-26　21:37

心 香

中山大学芳草茵茵。

丰子恺先生说他的心被这几样东西占据了：天上的神明与星辰，人间的艺术与儿童。

细细咀嚼先生的话，敬仰。

头顶着广袤的苍穹，膜拜着人间的艺术，心心念念的是纯真的漫画童心。这样的人的眼睛，所到之处皆芳华。

这句话也涵盖了丰子恺先生毕生的修炼与向往。

他的画、他的文、他的心都如此澄亮、通透，难怪巴金说他是一个“与世无争、无所不爱的人”。

文学艺术是人类精神文明的瑰宝。

回顾自己走过的每一步，如果离开了它的熏陶和滋养，我面前的生活岂止苍白？！

它不仅告诉我宇宙星辰的雄伟壮丽，告诉我世间万物之本质的真实美好；更告诉我飞越本然的理想信仰的超然、神奇、诗意、浪漫！

而丰子恺先生艺术的诗意与佛家的禅意结合的“万般滋味，皆是生活”的恬淡、从容，让我们见识了什么是宠辱不惊；什么是悲喜无意。

内心真正强大的人才会在变幻莫测的世界，怀揣的不是“无处可逃”的惶恐，而是“不如喜悦、不如清心、不如释然”的超然。

“文革”时期，先生面对险恶，已经慨然地佐证了这一切。

如此，丰盈生命，永葆童真，乐此不疲地生活。

2019-02-24　19:42

春风十里

一个女人最好的状态为清欢，不必活成一支队伍那样。

想起两个例子：

母亲生前，到我家里吃过两次饭。深切记得她老人家疼爱地说：“雪明，看到你急匆匆地跑来跑去，太忙了！”慈爱的妈妈希望我不会因她和爸爸的到来让我辛劳，在她看来，安静、温文尔雅就好。

前不久，我过我们侨香路的斑马线时，绿灯就要停止了……我急忙小跑起来。一位与我同行的可爱的女孩浅浅笑着说：“阿姨，您别怕！红灯还没闪。您穿得真美，慢慢走才更有诗意。”美丽的小姑娘，感谢你。

认同水木文摘君的观点：

温柔有趣，不必太激烈；三餐四季，不必太匆忙。

不疾不徐地把自己活成一道风景，还给生活最美的样子。

2019-03-01　21:49

喜欢与爱

日前，穿了阴丹士林蓝旗袍照相。

它是我来到深圳后在小店里做的第一条旗袍。第三本书的封面的小照片也是阴丹士林蓝的唐装盘扣的上衣，我也很喜欢。

大约，喜欢的时间长了，就变成爱了。我一直认为，恒久的爱应该会长久的喜欢；而喜欢一下又去喜欢别的，当然不是爱了。

朋友，您认同吗？

当我把上述这段话写在照片上时，忽然清晰地领悟了以前有点迷茫而忽略的一句话，大约是这么说的：

“喜欢一朵花，于是把它摘了；而爱它，就给它浇水。”

摘了它，得到了，还不是爱吗？当时我也有点恍惚——怎么不是爱呀？

不是。因为如此，它很快就会谢了；充其量也就是肤浅的爱。

真正的爱，是不会伤害它的，只会竭力地扶持并深情地注视它。

原来，喜欢只是浅浅地爱！

2019-03-13　16:20

诗和远方

七年前，我到杭州西湖，写下《一身诗意千寻瀑》。

日前，我往惠州西湖，远眺之时，竟然错把泗州塔看作雷峰塔。

我对惠州西湖的认识太肤浅了！

九曲桥、泗州塔、苏堤、鹤屿、丰渚园才是这里的旖旎的画卷。

杭州西湖，首先让我想到的是芊芊细柳，它的妩媚多姿与才子佳人的传奇、英雄豪杰的情怀——诗意盎然地形成“万古人间四月天”的意境。

相比之，有人说惠州西湖是“苎萝村的西子”。

那是天生丽质的纯真美。

而“吴宫之西子”则是见过大场面的，更兼风霜雨雪。有生死相依的“梁祝”和万众瞩目的万松书院；也有情比金真的雷峰塔和美若虹霓的断桥；还有古代、现代、当代的许许多多的先贤的伟岸的身影、美丽的足迹……

令人欣慰的是，北宋大文豪苏轼也与惠州西湖有不解之缘。如此，在“足并杭州西湖”上，苏轼无疑是一个响亮的理由。

春风荡漾里，我欣然行走在婀娜的西湖边上，想起“家在西湖”的著名作家王旭烽的话：

“在空气中呼吸着它、在细雨中感受着它。因为找不到最恰当的理由来描述它，而陷入幸福的彷徨”。

我则一直用千寻瀑般的“诗意”来赞美它。我不彷徨却幸福地认为：无论杭州西湖、惠州西湖抑或颍州西湖，万千美景只是外形，荡气回肠的内核才是动人心扉的。如果没有了人，江山永固朱颜不改又如何？

一边走一边想，我感佩万分地敬仰着那些晶莹的星星。他们衬托着西湖，他们的生命又因而放射出万丈光辉！他们是西湖的灵魂。

我在苏轼的塑像前鞠躬伫立。不由想起去年深秋三进北京植物园，为的是一睹曹雪芹纪念馆里的曹公的风采。

人，才是风景的主人。

小小的我们，没有伟力如苏轼那样才情横溢、率真孤傲、达观豪迈；更没有希冀化作星辰流芳千古，但诗意地活着、美丽地憧憬远方——

真好。

2019-03-26　20:52

温柔又强大

“希望以后的日子里，你温柔又强大”。

这是思想聚焦微博的一句话。

很符合我的审美。

只是温柔，没有自己、没有力量很奇怪；

光有健硕，没有善良、没有和颜悦色很可怕。

我成长的时代，有激昂、也有过荒芜。向上的力量给我榜样，但知识贫乏的苍白，有时会令我在混沌面前手足无措。

知识真的就是力量。没有新知，只有勇敢是很难到达理想的彼岸的。

当我看到那些驾驭感情和婚姻的所谓说教时，常常会呆若木鸡。喜欢简单的我嫌复杂啰嗦。如果爱情友情需要精打细算，需要比试，需要谋划；那么，爱不再来又何妨?

请把我留在最美的时光里。

不喜欢就是不喜欢。勉强不得。小时候被体育老师逼着打球的我，终于还是搁下了它。那些再火的宫斗片，也难让我多看一眼。

而温柔，不是低眉顺眼；是心底善良、淡泊名利、能换位思考，能推己及人。

强大，不是满身是刺；而是用知识包裹自己，不愚昧无知。

强大，还更在于英雄大美的人格指引。

一路走来，采撷花香，装点美心，内外并蓄。那么，这个世界，即使“有许多人和事让你失望了，而最不应该说的，就是自己还令自己失望”。

唯有温柔且强大，让我款款而行，光彩照人。

2019-04-28　17:51

幸　福

我眼中的幸福是那些花儿。

有人说：

“小时候，幸福是一样东西，拥有就幸福；长大后，幸福是一个目标，达到就幸福；成熟后，发现幸福原来是一种心态，领悟就幸福。”

深以为然。

我常常想起件事，也常常奇怪何以会对它深入骨髓地清晰：

很小很小的时候，我被妈妈抱着，到码头去送哥哥坐船。当时我嚷着哭着要一起去。不知谁飞快地买了一块白糖糕……

但是，糕点还没吃完，船已走远。望着波浪滔滔的江河，小小的我突然被一种说不出来的情绪左右了，总之很不舒服。长大读书后，我才明白，那是“后悔”。

人，就是这样逐渐长大的。有些事必然要经历，而且必然要反思，必然要痛楚。

小小的我，“拥有”了白糖糕，就不再哭了。真是要多物质就有多物质的小朋友啊！我无论如何也理解不到幸福不是白糖糕，而是与哥哥一起坐船的“目标”；也抑或，“目标”是知道的，只不过被白糖糕诱惑了！

这件事深深地印在我的脑海里。

原来，“拥有”，只是一种最浅显、最实际的东西。实现自己设定的目标，或许向前了一步，拿到了奋斗的结果，这不能说不是“幸福”。因为它实实在在地存在着，拿在手里，并身体力行地到达了一个目的，怎么不是幸福呢？

或许，这就是层次问题？

由凡俗的需求，到大格局的奋斗终极，再到一个心灵绽放的境界。

仅仅是拥有赖以生存的房子，离幸福还远；同样，仅仅是为实现了这个目标而雀跃，也一样。

如此类推，房子的大和小，不等同幸福的多和少；财富也雷同。

幸福，更多的是一种心态——

“我曾经想要靠近月亮，即使失败了，月亮依旧遥远；我却变成了见过光的人。”（一罐寡言）

2019-05-20　22:12

你喜欢的人，就是你的模样

眼前的她，温文自信，眉宇间洋溢着将门子女的英武。

她比我小两岁，而我视之为英雄。

千万事迹中，我刻骨铭心地记住了两点：

在唐山大地震的救援里连续几十个小时不眠不休地奋战而晕倒在手术台前，醒过来又继续作战。这名拿手术刀的年轻的军医的身上流淌着《开国元勋将士录》里的赫赫革命父辈殷红的血。在这次抢险中，她和哥哥分别荣获了中央军委颁发的二等、三等军功章。

为友谊干杯。

不满30岁就已经是团职军医的她，丢弃京华的锦衣玉食而策马扬鞭我们南粤的小渔村再立新功。潜心国际健康美容科技研究。

她到美国攻读，获得博士学位。她的大健康的学术报告开到了北京大学乃至哈佛大学。动力源于——赋予千万女性朋友由内而外的美丽，给数以万计的人圆梦并创造就业机会。

聆听她壮丽的创业启航以及个中的困苦与欢乐，欢欣鼓舞。

她就是国务院国资委“大健康美业发展智库”专家评审委员会主任以及工作组委员会主任冯华教授。她是亚洲美容行业“光环闪耀的美丽天使”。

这么多年来，我们彼此仰望。

在长长的相识、短短的交往里我们成为挚友的理由是：我喜欢你。

2019-07-10　07:09

梦　乡

回应新浪微博的问，我所向往的最幸福的生活：

一是人间祥和，

二是家人平安，

三是爱情纯洁，

四是友情真实。

安宁美好的大环境是我们生存的幸运，父母家人的健在是金山银山换不来的快乐，与我爱的人以及爱我的人在一起是三生三世十里桃花，真心的朋友是恒久的宝藏。

2019-07-23　14:29

荷　叶

东莞桥头镇。

那一日，我遇见了它：

一池莲叶，遮天蔽日无穷碧。

与之对视的一刹那，心如明月。

向来，说起荷，映入眼帘的是那些袅袅婷婷的莲花儿——粉白、桃红、浅蓝、绛紫……朵朵骄矜地玉立于氤氲的烟雾中。

眼前，娇媚的莲已经歇息。满池秋水中唯有沉静的、大大小小如华盖的荷叶飘然而立。这种美，不言也不语，明眸善睐地楚楚动人。我想：这漫天的碧绿或青黄，总是养眼。假若碧水中只有绝色的莲花而没有荷叶，会不会让我等眼花迷乱呢？

从来，莲花总是依托着莲叶亭亭而立、顾盼生辉的。有诗为证：

“接天莲叶无穷碧，映日荷花别样红。”（杨万里）

它默默地守护着荷花，淡然自谦；直至花谢花落，依旧坚贞不移。

它生来就是护花使者，从不招摇；更不惊艳。正所谓“无欲则刚”，无论碧绿如水，还是青黄似草——它均淡淡地、无畏地默然而立。即使香消玉殒，水面上只有伶仃的枯枝败叶，依然不嗔不怒、无怨无悔。

难怪，残荷落叶从来都是文学艺术家们津津乐道的歌咏意象。

唉！默默地与它对视，心生爱意。

缥缈的荷叶与寂寞的清秋起舞。

实在喜欢，我。

2019-08-18　18:40

星星从窗外探头进来

我喜欢望星空。

不仅仅因为璨若银河的星辰诗意曼妙，还在于我相信漫天的星星都是美丽的眼睛。

大约，人生最惊喜的事是旧时朋友的突然敲门了吧?

那一天，一个陌生的网络名字出现在我的眼前，居然对我为孩子煲的“秋季的汤”来了这么一句:“不是西洋菜汤吗? ”

犹如一粒石子投入到静静的湖面，我的心里一阵狂喜。

只有非常熟知我的人才有这一问。

会是谁呢?

这位远在瑞典首都斯德哥尔摩的小校友，明明白白地没有与我有过交集，我甚至还不知道他的姓名。他居然知道娃玲是我的学友，还知道美珍也是；甚至知道她参加 2009 年校庆后走了……他告诉我，他请深圳的朋友将我的三本书，邮寄到斯德哥尔摩。他说，读了我的书和所有微博，怎么会不知悉一切呢?

我的心里充满了感激。

这是怎样的山高水长的情谊呢？可爱的小校友亲切地回我，他上中学的时候，我已离开母校了；但从初一到高三的六年里，他一直听到那些美丽的故事……

不由想起偶尔会在新浪博客看到学生妹妹弟弟们的留言：景云邀我到温哥华看花，维佳约我在新西兰观景，李敏催我看日本樱花……

更多的人向我描绘他们心目中的老师。

浅秋深爱地赋予我拥有：从艳丽的春走到严峻的冬的无尽的勇气和温暖的力量。

1990 年，携全国演讲比赛一等奖获得者陈磊学生妹妹在团中央的领奖台前。

2019-09-10　05:29

云端上

我看见你了呢，月亮!

万众翘首中，月亮款款而出。

它微笑着，温润如玉，洁白似花。

迎着银辉，我与女神握手。我轻轻地告诉月亮:

我很喜欢你，月亮!

不仅仅因为你纯洁美丽，还因为你从不悲哀；也不狂喜；更不发怒。

虽然风雪企图掩盖你，雷霆咆哮肆虐你……

但你就是你！不急不躁，不卑不亢，不疾不徐；也不犹抱琵琶半遮面，只碎步莲花嫣然一笑，回眸百媚生。

夜空中，你与星星相依。静静地诠释着举世无双的绝好情缘。

你的万方仪态，有什么能媲美？

我在虔诚的膜拜里，迎着你宁静的微笑、沐浴着那圣光、充满自信地回应了新浪微博问答君的提问：

生活中有些看起来很快乐的人是否真的快乐？

“表象与内里不一定标配吧？

大约，有开怀一笑；也有强颜欢笑；更有拈花一笑……无论快乐多一点还是少一点，微笑就是美丽的。我还特别欣赏那些强忍悲痛的笑容，那是对美好生活的向往啊！至于转怒为喜，大约不是情势扭转，就是钢铁意志了。我希望，世界永远微笑，我鼓励自己笑对未来。”

再会！月亮。

2019-09-13　05:43

青

深情地写下这个题目，一句话跳出来：

世界上最幸福的事莫过于有人毫无道理地站在你这边。（思想聚焦）

这一群，就是学生弟弟妹妹。

尽管，他们明白我的某些错失；也知道我的某些弱点。

在生命的长河里，与之大大小小的聚会已经数不清了；而这一次由学生弟弟彭宙安排组织在广州沙面的聚会同样的欣喜，不一样的感动！

我的第三本书《我像雪花天上来》的“蝴蝶梦”篇的《花儿静静开》是记录如影子般追随自己的语文科代表张韶艳的，未曾想到这个班居然有一群同学长大后成为了老师；更未曾想到，在内心深处他们或多或少地向我隐藏了一些羞于提及的秘密。而正是这些美丽的克制和自律让我感同身受：

教师的成长是一辈子的事情，教育不是一个结果，是生命展开的过程。教育要永远面向未来。（于漪）

这正是韶艳昨天与我交谈的。

她说，教师作为学习的促进者，应具有以下三个特点：共情性，引领性，终身性。所谓“共情”，是参与，是想学生所想、走进学生

我庆幸我是老师。（广州沙面，2019 年）

内心。它是“促进学习”的前提。“引领性”则例子繁多，无需赘述了。“终身性”意即学习不是一朝一夕，更不是一次高考而毕。韶艳以 2014 年班上考上研究生的 5 个同学为例来论证观点。这几名当年并不在重点大学之列而奋力赶上去的学生说，是高三的拼搏精神引领他们在高校里继续前行。感谢青葱岁月，感谢老师赋予他们终生受益的品质。

而作为老师，终生的学习将“有助于自己的精神成长，与学生一起发展”，特级教师于漪说自己一辈子上课，没有一节课是十全十美的。

学生妹妹胡惠群，在广东省一所知名高等职业院校任党总支书记，从事大学生专职工作。表面简单内心秀丽的她邀我到她那儿作客，我因故提早离开广州了。日前，收到她郑重地寄给我的数年前写的信。她说 2014 年的某天，整理书籍时，看到我 2006 年出版的《心海如花》，认真重读了一遍韶艳当年以她为原型写的发表在《少男少女》等杂志而引起全国青少年关注的《航灯》，深切感怀！惠群说我的“恬静”、“温良”一直是她努力的目标，包括我的服饰与形象。以致自己生孩子后决意减肥成功，衣柜里挂满了旗袍并且长发及腰梳成我当年的圆髻。她也深情地回忆了班主任邹老师，对她心存感激。希望她在天国安息。

这封信，诚恳、丰满。

她告诉我一个真相。当年，她没有“早恋”，只是孤独。出身小山乡的她早年家里不富裕，当年住校经济拮据。最幸福的就是呆在图书馆里看书，圆文学梦；与“北方少年”的频繁通信给孤寂的读书生活带来温暖，而班主任老师的“拆信”，在她早已为人师的今天看来是一种关爱的约束。

她的郑重的善良让我深深地相信“成熟是一种明亮而不刺眼的光芒”。我轻轻地告诉她：我和韶艳只是担忧当年的她的近乎恍惚的忧郁，为她走出困惑而开怀。并期望以第一人称的方式写主人翁的迷茫以及光明的力量，为的是能给更多的人以启示。作为老师，我只是履行自己应尽的职责，让快乐和阳光洒满课堂。大约，老师的“引领性”首先在于师表，而团结一致、协同合作是我们的方式。作者的笔下，无论班主任老师的严厉呵责抑或科任老师的细心巡察都出于对学生的护卫与关爱。

这也是我和韶艳经常谈到的教师的团体作战的意识，它应该贯穿于我们的工作的方方面面。个人英雄主义不适合教书育人。

没有小学的基础、中学的提升，哪有大学的花开满园？

每一位教师，都是阳光队列里的一颗螺丝钉。

惠群的信，让我深切体会到她的和颜悦色中的善良、敦厚以及教育的理念、教育的智慧。

沉静仁厚的张宋燕、活泼洒脱的古岚、廖丽莉、杨琳以及文静的李伟平与我的亲密交谈，深切地说明亲其师而信其道是真理。学生妹妹们向我描述了当年一幕幕美妙可心的情境，原来，我和她们那么亲、那么近！

记忆中我那时很忙，孩子也小，除了教学，少先队大队有许多琐碎的工作，比如红领巾广播台的广播、鼓号队的训练，还有红领巾果园的劳作以及大、中队的活动等等。

宋燕说她很喜欢我，就很喜欢语文课。还说当年韶艳与她同桌，目睹我与韶艳研讨《航灯》的构思以及多次修订的情景后，她也模仿着写了一篇关于我的文章。可惜这篇文章没有留存下来。很遗憾！

这几个女生，可爱地稚嫩地因为亲其师而热爱文学，而宋燕也就写日记、写散文甚至诗歌，但有一件事，让她一度停下美丽的文学创作了。

大约是我对她评论孔乙己的观点下了一个批语，好像认为她的感觉奇怪，留言要与之交谈，她很期盼地等待着，但结果我却一直没找她。

这是何等的失职！伤害了一个热爱文学的孩子的可爱的心。

我责怪自己对许许多多的事居然毫无印象。

憨憨的张林茂说，2003年来深圳公干期间，特地与妻子一起探望我，我对此很模糊更记不起这些细节：他说他的妻很喜欢我，他们欣赏我的小书房，赞赏我每周都会出钱又出力地与钟点工

一起搞卫生。

我只记得当年中考后，林茂的父亲找到我说，林茂语文考了 95.5 分，实在太开心了！

不过我还是记错了，林茂纠正我说是 96.5 分。

对于当时成绩平平的憨厚的张林茂，这是一个很大的胜利。我很欣慰，所以记得。其时我每周值班一晚，有时会与一些学生交流学习体会，找林茂比较多。当时我在这个班推行了写读书笔记的学习方式。实践证明，这是一个能有效提高学生归纳能力和分析能力的训练。好像这一届学生毕业后，我随即到高中任教了，不过一直兼任初中少先队工作，直至我调往深圳。

林茂的身上也体现了韶艳前面谈到的学习的终生性这个观点。现在已经是广东外语外贸大学翻译学院的副教授、党委副书记、纪委书记、翻译实践教育基地主任的他依然还是那样憨憨的、沉静的样子。大学毕业时，他曾做过两年的中学教师，后来又去考研，1998 年留在学校工作。

学无止境。永远学做老师。学生对老师的宽容和爱促使自己不断更新。当年我让静静地等待自己的那个忧郁的小宋燕深深地失望了！我的失职甚至让她一度心灰意冷，但她大度地依然爱我。我细细端详她这次送我的宝珠笔、美丽的发簪，特别是那首美妙的藏头诗——她亲手书写在一枚画有梅花的书签上。

所有的所有，让我羞愧，让我感怀。

宋燕、古岚、丽莉都谦虚地说自己当年不是学霸，宋燕自诩“我是不小心混入先进队伍的落后分子，老师您看到的那个安静的小女生，其实因为性子慢，小时候没少受家长的呵责”，她说我看到的“应该就是一种隐忍”，她说她自小身体虚弱，是长女，要担负许多责任，经历过许多磨难，“老天给我一个严厉的父亲，给我优秀的学校、老师和同学，不停地鞭策我成长”。特别感怀的是，她说：

生命影响生命，生命用各种方式在互相成全中成长！生命是一首诗，也是一首悲壮的歌。

最后，这个不知战胜了多少艰难险阻的女生对我说：“老师，心中感触，写了太多，让您太劳累了！”看着文后送我的三朵玫瑰，我想，这是有一颗水晶心的女生。

她的真诚的长篇叙述，让我反思。还有哪一些学生受委屈了呢？！

古岚深情地提到在文言文教学中，我采用“小老师”的教学方法让她受益终生，她说自己还与宝贝女儿分享了自己美好的中学时光。

而未到席的深河中学的副校长朱永梅，也曾在大学工作。她也说自己当年不是学霸，但中学时代的学习给了她终身的影响。她发给我一个给青年教师上讲座的PPT《内外兼修，成就最好的自己——谈教

马峻迟到未在列。

师的自我修养》，里面条分缕析、内容丰厚，其中有一节谈到我是给她印象最深的中学老师。她在里面展示了取自我的新浪博客的 6 张图片。我会记住她的褒扬“与人为善。有原则，有个性，有成就，是您的学生们的学习典范”。绝不辜负学生弟弟妹妹们！

还有远在温哥华某大学的宾景云，在上海外语大学毕业后第一站也是到广州教育学院做老师，她送我的美丽的玻璃果盘还在茶几上。还听说与我鲜有联系的在美国做访问学者的李卫军也是广东工业大学的教授和学院领导。很惭愧，我对这个理工科学霸，真的除了名字确实搜索不出印记了，希望我不会给他淡漠的印象吧。

至于优秀的鼓号队队员马峻，我有印象却记不清他是哪一届的号队队长了！这位广州交响乐团的资深队员腼腆地说我记错他的名字，我把“峻岭”的“峻”写成了“骏马”的“骏”了。幸而，在 11 月的返校日，我见到他的太太甘霖，能够准确地说出“出处”来。我对马峻说，记得那一年吗？我们的鼓号队刚成立就遇到全市少先队游行，当时我们只有 4 名号手。狭路相逢兄弟学校兵强马壮的鼓号队，他们简直是呼啸着迎面而来！全体队员都回头紧张地望着我，我从容地鼓励同学们，不要怕！勇敢些。那一天，号手的脖子都红了！此后，这个记忆激励我们在很短的时间练就了超强的本领，很快，我们的队伍浩浩荡荡！

难忘的岁月，永远有你！

我的学生弟弟妹妹……

2019-12-12　17:31

我愿走在你旁边

致敬新年！越有才越低调的学生弟弟妹妹——

有你，真好。

罗振宇挥洒自如的跨年演讲，我大约深深地记住了这么一个比喻：

不做引导人，也不做追随者；惟愿走在你旁边，做一个朋友。

这是一个姿态。

谦虚但自信又真诚。

内核丰盛。

我希望自己短暂的人生，能够永远以脚踏实地的靠谱者为榜样，走在他们身旁。

之前我常常会说，我在路边鼓掌。

是的，理想不仅是仰望星空；更需要脚踩大地。

很喜欢人民日报微博说过的话：

真正成功的人，都很低调。努力是一件特别需要沉下心来长久坚持的事。它成长的土壤，需要一个人的单打独斗，忍受无数个孤独和寂寞的日子。当你真正发自内心想做成某件事，就不会太在乎要不要晒给别人看。成功的人，努力都是悄无声息的，他们总是很低调，因为他们真的没时间感动自己。

真理。

目标是自己瞄准的事业，全心全意扑在彼，哪有功夫去张扬？

95届的学生吴小清、涂永茂。

78届的廖伟明、李敏、甘洁文、付啄明、杨丽琼。

2020-01-08　21:02

春天的蝴蝶

滴滴答答的雨下了一夜，早晨依然着。

打开手机，飞出“艾特里里”的一双蝴蝶。

实在记不清什么时候与这个牌子的小首饰结下情义了。它的到来，给我轻轻的一个拥抱。

冥冥中，与这个美丽的飞行者有着千丝万缕的关联。

母亲去世后，父亲说他的房间里飞进了一只小黄蝴蝶。不久，父亲也去了。那一段痛彻心扉的日子，在不同的地点，总有蝴蝶萦绕着我。

终于，那个四月天，我买了生平第一双蝴蝶耳环：

做工精细、活灵

戴上我的紫水晶蝴蝶手链。

活现、振翅欲飞的银质蝴蝶。从此，我迷恋上耳环了！什么玫瑰的、水滴形的、橄榄状的……各式各样。唯独最爱它。

“艾特里里”发给我的消息竟然是：

“蝴蝶象征幸福，驻留耳畔，给你春天的希望”。

我深信不疑。

只是，我戴着它的初衷是，纪念我的父亲母亲。心安就是最大的幸福啊！

窗外，雨声停了，鸟儿在呼唤着我呢。

蝴蝶是灵物，在我汇编的书籍里，它与玫瑰、水晶同列。代表“放飞的理想，一往情深编织美丽的诗篇”。

2020-02-14　16:48

一诺千金

《诺言的夏天》这部电影的名字引起我的注意。一气看完，满心欢喜。

暑假，失去母亲的诺言来到小姨静芳那里，等候总是忙忙碌碌的父亲陈国栋。孩子坚信父亲的承诺，他会在这个夏天完成工作回来。结局印证一切。

一览无遗的情节，毫无波澜的题目的电影却感染着我。

围绕“诺言”的三个人都坚持着一个真理：相信。

失去母亲的诺言对父亲特别依恋，他对妈妈的怀想则寄托在母亲的胞妹、自己的小姨静芳那里。他在自己伸出双手的单人照的左右两边分别放上爸爸以及小姨的照片，组合成“一家人”。无论这个夏天如何漫长，他一刻都没有丢失对父亲的信任，即使有人说母亲的去世与父亲的不义有关。他坚信，他的父亲陈国栋是“国之栋梁”；他坚信他的父亲一定会兑现承诺，准点回到小姨工作和生活的有着美丽的田野的这个山村学校。

电影的主题，是通过一个简单的故事来展示一个关于一诺千金的主题的。我认为它的魅力不仅仅在于正面的力量，也在于这个结局的到来之前充满悬念，却似乎没有什么征兆就收尾。丰满的构思不落俗套。

这部电影感动我的是美好终归美好，所有人都善良、忠诚。

艺术性方面：

悬念让简单的故事结构更紧密、集中。比如，到底诺言的父亲去做何事，一推再推未能在暑假回来，而一张偶得的照片记录着陈国栋混迹于一群罪犯之中！照片让所有人的神经绷得紧紧的……当警车的鸣叫声远远传来，小姨静芳与单恋她的张真惊愕的神情夹叠着诺言飞一样的身影的镜头出现在我们面前！

正当我们为之焦虑时，身穿威严警服的陈国栋大步流星走向盼星星盼月亮、盼得云开日出见太阳的儿子……

剧中人与观剧者全都大喜过望。

完美到极致。

其次，电影画面感强。诺言日日等待父亲的小路边上有一头大黑牛，它烘托着诺言用小石头铺就的充满期待的泥泞小路的落寞；也显示出美丽的田野的广阔；并映衬着诺言的孤单和想往。

2020-03-16　18:35

落笔是你

未曾想到，我最钟情的，是“叶叶心心，舒卷有余情”的它。

很年轻的时候，我就在校园里自己的小房子的门口种了一株芭蕉树。

它依偎着我，我流连着它。

那个单调得像白开水的年代，舒卷自如、“过雨绿生凉”的芭蕉叶，在我的眼里迎风起舞，淡淡地、幽幽地生出一种风情，既不是喜也不像悲。我在我曼妙的竹帘里望过去、与之目光对接时，感觉那时的天、那时的地都绿绿的、凉凉的，有如一汪清水在心里头荡漾开来。

忽而有一天下课回来，我不敢相信自己的眼睛！班里班外的几个男生居然奋力地用砖块投掷到我的宝物上——枝断叶残、瑟瑟发抖……

行凶者们躲避着我的眼光，辞不达意还振振有词道：

“芭蕉树是鬼树！除掉它，老师您就不会总是生病了。”

…………

它似乎的确不是什么吉祥如意的应景之作，文学作品里它常常扮演的是淡淡的忧愁以及依依的离别意。

再后来，发现它真的比较多的植种在幽深的园林的一隅，抑或小楼的一角：

不似向日葵那么灿然地大笑，不如牡丹海棠那样骄矜地点头；甚至也不像柳树那般垂首顾盼、情深意长。

尽管如此，我从不冷落它；反而始终不渝地爱恋着它。

这大约就是缘。不是吗？对于冠之于“忠诚、光辉、信念”之类如雷贯耳的美誉的向日葵，我几乎就没有真心向往过。

可能它的昂然、它的高傲、它的古板，始终走不进我的心里吧？

2020-04-10　19:21

大约在冬季

题记：真挚的爱，互相守望抑或深切的期盼，反而是一种苦涩的幸福。

电影《大约在冬季》居然以齐秦的同名歌为线索，铺排了与它一样的故事。

这首歌，过去听是凄美，很难过；今天听，有一种超然的向往。

也许，离别与日俱增，已经习惯了。

非常认同：相聚是奢华。

因而，电影里的齐啸（霍建华饰）与安然（马思纯饰）的相识、相爱到分离让我伤感，但不过分失落。

深爱因外力不得不分离，虽然未尽如人意，但毕竟并非三心两意更非轻慢爱情。

有人说齐啸很真实，但他对安然的爱没有安然那么纯粹、勇敢、热烈。

我不同意。

我认为两位年轻人都怀有一颗纯洁的心，都深爱对方。齐啸乃因老父中风、哥哥入狱而不得不无奈无助地离开女友回台。如果任由老人病甚至亡，只顾守住自己的所谓爱情，那么这个“爱”以及人本身，可行吗?

当初踌躇满志来到北京开影楼的齐啸与北师大才女的安然志趣相投，他们偶然的相识与必然的钟情很纯粹。最后因为父亲的病以及诉求，齐啸不得不与前女友叶雨辰（侯佩岑饰）结婚，并有了儿子齐一天。这个结果，于安然无疑是致命一击。当初安然为了爱情宁愿放弃如日中天的事业！但齐啸不愿拖累安然，决意孤身回家应对……后来的变数猝不及防，让所有人都扼腕叹息。

这里，有难以逆转的客观原因，也有叶雨辰的从中作梗。

安然败于这个模特出身的女人，不是身材、不是形象，更不是灵魂；而是安然更单纯、可爱！而齐啸的境遇也羁绊了自己本身的自由。

走过许多路、蹚过许多河、看过许多山，我想：真挚的爱，互相守望抑或深切的期盼，反而是一种苦涩的幸福。

“大约在冬季”五个字带给我们一个幸福的瞭望。正因为设想太多，期待就太多。没有深切的想往，才是可悲的。

即使这个约定在寒冷的冬天，也让人暖阳在身……

2020-05-12　12:28

当花儿凋谢的时候

这些天，常常想起那位决绝地以惨烈的方式结束自己生命的女孩小可馨。我清晰地记得报道中说那一天她穿了一条可爱的新裙子，很开心。不料，小小的花朵才绽放，就凋谢了。

无论是老师的责任，还是孩子的执着，总之生命消逝了！

痛定思痛时，恰恰看到周国平先生的一个观点。他说真爱孩子有三：

舍得花时间陪伴孩子。

抵制应试教育的危害。

培养孩子的人生智慧和独立精神。

我觉得这三个方面，一个比一个难做：

第三个，不是给孩子准备一个现成的未来；而是让孩子将来去争取幸福，又能承受人生必有的苦难。

我比较年轻的时候，就听同行说，学生毕业后回校告诉老师，当年老师讲的那些道理很美好，但到外面一闯荡，发现自己会碰壁！

也就是说，美丽的理想在残酷的现实面前常常显得力不从心。

很多年之后，我深深明了，理想不是书生气。

生活会有许许多多的磨难。如果自己对纷繁的世事没有深刻的、感性的认识，怎么引导孩子去应对过程中的种种不堪呢？

其实我们一生都在修行。

有一个诗人与哲人说过：人生最大的意义不在奔赴某一目的，而是在承担每个过程。

幸福的未来是一步一步得来的，过程千难万险。

不由想起美丽的、优秀的永远33岁的深大人李湘竹。她短暂的一生只有13年是相对幸福的。她的所谓幸福是不用与病魔搏斗，粗茶淡饭于她而言何等美好！

是什么促使这个如夏花般绚丽的女孩儿短短的一生灿若虹霓呢？

我想，是生活、是知识、是爱和感恩。

这一路上，每一步她都走得很踏实。

有一个细节不容忽略：当李湘竹闭上美丽的眼睛永远离别她眷念的深圳大学时，她的一贫如洗、一无所有的父母重整精神，第一件事就是报名参加5月25日的深圳市南山区志愿者服务活动。

他们活得很艰辛，但很坚强、很感恩。

孩子与父母，老师与学生——互为镜子啊！

2020-06-24　18:45

不负月光

在对姣美的月亮的一千种的溢美之词里，我深切地记得它“在白莲花般的云朵里穿行”的那种静美。

小时候，我知道，身披月光很迷人。

长大了，才懂得，心如明月才可爱。

万千宠爱在一身的月亮的魅力何在？是银盆似的笑靥、是千呼万唤始出来的矜持，还是拥有与太阳、星星那样的光华呢？

我想，是它的光而不耀的温存。

美，不仅仅在外表，更在善良。

我愿生生世世沐浴着皎洁的月光，静静地不张扬、不霸气、不自诩。

2020-10-01 09:37

茉 莉

题记：于我而言，所谓大节都在善良之下；

所谓抱负，不过一粥一饭。

我喜欢看洁白的茉莉花儿在晶莹的水杯里起舞，演绎出氤氲的清香。在我的眼中和心里，它是有仙气的。

恰恰，不久前看过一部电视剧，女主的名字就是莫（茉）莉。

她一出场就像那朵我心仪的小花，不似牡丹的艳；也不同梅花的冷。她袅袅婷婷地爱其所爱，温柔却坚韧、智慧又美丽。

这个人物，很鲜活地长在我的心里。

我很喜欢这种美。不由想起小敦老师的考上清华还是北大的优秀的女孩儿，读中学时在一篇关于理想的命题作文里，她轻舞飞扬地写下“想当母亲”的意愿。

喜欢做母亲——很小众却很有爱！

于喜欢望星空的女孩儿而言，如果回答喜欢做白雪公主可能才不是出乎大家意料之外的吧？做母亲，是要有担当的呀。

有此理想的女孩也许在某些人眼中，会被视作心气不高、视野不宽；

但我要说，她很简约，不冗繁。

于我而言，所谓大节，都在善良之下；所谓抱负，不过一粥一饭。

因为工作，就是为了活得更美好。

在花的眼睛里，这个世界永远是春天。

可爱的女孩儿现就职于南方科技大学。

想做母亲的她已经实现了美丽梦想。

亭亭玉立地拥有了自己的幸福并成为了大学教师。

2020－10－11　17:01

遍地英雄下夕烟

有人说，吃饭是为了活着，但活着不是为了吃饭。

我赞同并奉之为大美。

不过，在琐屑的生活里，灵感乍现般察觉不应该否认“吃饭”的美丽。难道人们努力地工作，甚至为此忘我地献身的终极目标不是为了活得更美好吗？

大千世界，芸芸众生的所谓抱负，实在不过是一粥一饭。

不应把我们心目中的“英雄”仅仅细化在光照千秋的舍己救人、教书育人上。

因为，更多的英雄是在一地鸡毛的卑微之中昂然并悄然地努力前行的。

他们未必衣着光鲜，更非红唇绿眼。

数年前，我路过梅林二村时，忽而与“植物染发”的招牌打了个正面。细细一看，才知道这是一个有故事的地方。矿业技术员出身的先生，为妻子的早生华发居然研制出一个植物染发的专利。

他们是武汉人。

大前年终于排队等到深康村的安居房。

在几十平米的房子里，粗茶淡饭地继续着利人利己的小本生意。

我相信这个染发剂的真谛，一来二往地与这家人成为了朋友。

老朱同志的技术专利由心灵手巧的妻子来演绎，她擅长编织花式新颖的毛衣；还会裁剪出轻歌曼舞的霓裳。她告诉我，父母都是工人，很小的时候，她就帮妈妈糊火柴盒了。说起这些，她满脸幸福。现实版的灰姑娘没去变公主，但艰辛的生活赋予的真知与智慧受益终生。

买菜、做饭、搞卫生、帮顾客染发……生活，像陀螺、更像诗篇！

在心安理得的职场“大事”的后面，帅哥美女们不屑于买菜做饭以及举手之劳的清洁卫生这些“小事”。即使有余力有余暇，也漠然。

钱，可以买劳动力吗？抑或豪气地宣称，时间就是金钱！

但我始终相信，物质的丰富，永远取代不了自我的风华绝代。钱可以买到安逸，但买不到才能。自己的生活自己来装扮，能力永远是可以炫耀的资本。生活的能力与工作的才华绝非可以一拍两散的，它相辅相生。很难认同生活中乱成一团的人的工作可以精准细致、有条不紊。而靠自己，永不掉队。

活得精彩应该是找到一个平衡的支点。生活中最沉重的负担是无聊，不是工作。雇人帮自己做家务甚至整理床铺与“同太阳一道升起”地投入生活的感觉是迥异的。醒悟这一点的时候我正上中学。我的一件上衣比较长，同宿舍的比我年长的李贞女同学亲切地熟练地完善它的过程，点燃了我。于仅仅织过一双袜子的我而言，飞针走线的她就像仙女。

再后来，能在小小的竹笋填上脍炙人口的肉馅、把点心做成小白兔和小黄鸭的灵气匠心，深深地打动我。

赞同波德莱尔所说：

英雄就是，对任何事全力以赴、自始至终心无旁骛的人。

2020－11－26　17:25

把酒祝东风，且共从容

四叶草花瓣：

左上是与温和友善的郭刚校长合影。牢记他的热忱鼓励“向雪明老师学习，用一滴水的清纯去应对一辈子的繁杂”。

右上是与安莉挚友品茗。

左下是2017年9月与深圳高级中学同事朋友郭晶青、李瑞兰欢聚。

右下是2021年9月与学妹李静萍、王先友伉俪喝茶。

时年春日，作者与友人在洛阳东郊旧地重游时有感而发：

聚散无常，时光易逝。然，有酒有春风；有伤感更有沉着豁达而不必来去匆匆。

我喜欢。虽然我只喝茶不喝酒。

其实，从古到今，没有人的人生是圆满的，但我们的生命在每一刻都应该是美丽的。

往往，我的孩子回家遇到我看所谓的抗战神剧，常常不甚了了地一脸疑惑。

文学艺术，本来就是在生活的泥土里出来，只不过人们在云端里写诗罢了！它可以是真实的，更是理想的。

与其盯着一地鸡毛的生活，不如随戏剧电影电视的编导者想象的翅膀去眺望给自己温暖和力量的远方。生活再难，有比随时随地流血牺牲更不易吗？

我想：为了信仰而万死不辞，已经出离了人性而飞升到无欲则刚的境界。精神的力量可以蔑视生死，更可以淡看离别。

生命的坚硬，真的可以从文学艺术里来。

刚刚看完电视连续剧《智者无敌》，撼动我的是各自有坚定信仰的男女，一个人为另一个人的安危，率性地献出了生命。

似乎是神话。

品格中的大智大勇大气魄可以感染甚至感化不同宗教的人，也必定让耍奸弄滑、贪淫好色之徒黯然失色。端木星说董剑飞连给中村功提鞋都不配的话意味深长。也因此，我常常想起一位老校长说的话：“假好人比真坏人更可怕。”

舞台上的美丑给出了现实一系列的评判，循着这些，尘埃里可以开花；荒凉中也可以走出繁华。

勇敢，悄然生成。

2021－01－21　17:00

乘“梨花一枝春带雨”的翅膀飞呀飞

春天里，置身于姹紫嫣红却向往着雪一样的梨花。

深植于心中的素白竟可以碾压铺天盖地的七彩群芳。

“梨花一枝春带雨”的杨玉环是公认的一个特殊的美的符号、美的意象。

白色的花、白色的雨、白色的世界与杂色的元素有着相反的色系和境遇。冷暖、哀乐自不同。千百年来，杨玉环的伤情在白居易的笔下不可复制。

但有人说，林妹妹的凄美可以匹配。

喜欢读书却又读书不多的我，曾经在青年时代把黛玉姐姐视为偶像。后来又觉得她带给自己太多的忧伤而惶恐。

渐行渐远时方醒悟：

可以忠诚但不可以不坚强，可以清高但不可以不平和。

至于薛宝钗，与带雨的梨花是不同坐席的；大约也没有人会以此来类比吧。

与黛玉相比，她似乎是“好风凭借力，送我上青云”的胜利者，但千好万好的“山中高士晶莹雪”不过被贾生“空对着”而已！宝玉终不忘的是“世外仙姝寂寞林”。

从“白茫茫一片大地真干净”的结局里，我们不得不叹服曹老师的绝世才情。

同意如是说：薛宝钗的讨人喜与之驱害利己的性格相关。她把每件事都当作生意去做，并且永远冷静平和地处于不败之地：

投其所好地取悦贾母，为喜欢热闹的老太太点热闹的戏剧；明明知道元妃的灯谜不新奇却故作姿态地寻思着说“难猜”；在亭子外偷听别人说话又自私地金蝉脱壳地嫁祸于黛玉……

她的“圆和”下的虚假、自私自然挂不住所谓的金玉良缘。

今天，我想：把林黛玉的真实、多才与薛宝钗的平和、冷静结合起来。

剔除前者的敏感多疑，拔掉后者的虚假功利就好啦。

然而，没有完美的人和事。

过于完好的“林薛结合体”配不上“梨花一枝春带雨”。

所以，还是把它还给杨贵妃吧！

2021-03-06　17:40

点亮心灯（读书笔记）

孩子送我的水晶小鸭子。

阅读著名主持人张泉灵写给儿子的一封信，有共鸣。

阅读和经历让我们懂得世界并不都是美丽的，需要有一颗明亮的心来装这个世界，否则就会迷路。

她谈到三盏心灯：

一、善良

使别人开心的人，很明亮；安慰别人的人，很温暖。

二、原谅

不完美的世界，会让我们受伤。医好自己的第一步，是原谅。

恨意和生气会比那些伤害我们的事情更长久地折磨我们。放下。

三、相信

相信自己才能忍受痛苦，并得到坚持的力量。

相信别人才能找到更多的爱。

以上，我赞同并记录了。非常高兴善良放在首位。我一直认为它在所谓大节之上。即使不同宗教，善良也可以让人动容。

原谅，首先是解脱自己，其次是感动他人。广阔的胸怀让自己的路越走越宽。

相信，其实是一种力量。相信自己，让自己坚定；相信他人，会找到爱，从而壮大自己。

让我怦然心动的是：

“你打算自己去闯荡，扭过头，犹豫着寻求我的鼓励。我会担心，但是我一定会笑笑让你自己走。因为我知道，你心里的灯会让你温暖，为你照亮更大的世界。”

至此，心灯已足够明亮，我们的世界也足够精彩。

2021-02-19　17:02

玫瑰情

Rose

娇艳的玫瑰借喻爱情，更囊括友情和亲情，年年岁岁绽放着不老的芬芳。

铭记友情

深圳中心书城北区读者见面会背景美丽如画。

第三本书《我像雪花天上来》的读者见面会之后，我即记录了。全文以图片为线索。

在排版时，我曾经割舍《铭记友情》，但考虑到它是我生命中非常重要的事，并且承载了许多需要偿还的恩义，必须收入。

忠于原文，让它原版出现，只是在排版上不得不舍弃图片。

我的三本小文集都是没有“预谋”的。第一本是师长朋友长期以来的鼓动而成，第二本是网友促成，第三本是基于身边朋友的磨难提笔。一向不认为张扬为美的我却每次都高调举行新书签售会——理由很纯粹：希望新书大卖。

我看重我的书，这是精神层面的东西；我更看重朋友，这是我生命中的贵人。4 月 16 日深圳中心书城北区大台阶人头涌涌，连过道都站满了人，感谢有你！熟悉的和陌生的朋友。

美丽的花篮的故事：

我和学生林小戈亲如姐弟，这么多年每逢大事，他一定出现在我的眼前。这次，他不但照例和朋友邓轩送来花篮，还把妹妹林洁的花篮带来。而妹妹是深圳市委常委、统战部部长。小戈说：“妹妹的花篮代表她的掌声。”

我的旧日同事——高级中学的李瑞兰老师则在很多天前就把要买的花篮和花束通过微信发给我审阅，并且说花篮署名为“高级中学亲友团”。

我的学妹、一起在韶关地委大院长大的朋友江海燕是广东省人民政府副秘书长，也早早让人带来花篮，16 日早晨还专门打来长途电话祝福我并叮嘱一定留一本书给她。

校长朋友的亮相是另一种“花篮”。

已经到会的姚晓岚校长、雷莉校长错过以上合影。

特别感动20年前的老朋友二话不说从珠海和中山开车过来；

他们是刘小君副校长和彭爱平副校长。

深圳中学赵立校长（2017年任深圳市教育局副局长）放下手中的工作带病准时赶到现场让我特别感动。

亚迪学校郭刚校长是我诚挚的朋友，他也是临时不能来，但专门请李芳胜副校长到场并发给我感人的鼓励：

“用一滴水的清纯，去应对一辈子的繁杂；用身体力行，去印证大自然的纯真和质朴；用坚贞执着，去拓展生命的高度和宽度。”

莲花中学校长何俊、华强职校副校长雷莉也是二话不说地谦虚守时来到现场支持我。

有两位校长朋友因故没有到席，其中外语学校罗来京副校长委派学校中层领导和家人赶到致贺。

笃定会来的第二外语学校黄海强校长因遭堵车一路给我短信，迟到半小时而心急如焚开过了书城停车场最终折返。黄埔学校的刘锐娟副校长当日同时参加福田区的一个时装表演，她委托学校廖主任提前半小时过来帮忙拍照。而科学高中的姚晓岚副校长到场后错失合影。我的学校的工会副主席唐洪把我的新书签售日期和地点发往校园网，竭力支持。在会前一小时唐主席因故爽约。

这几位朋友的临时变更，让座无虚席的活动现场留下某种遗憾，但不圆满才是圆满。因为，真正的朋友，来或不来，友情依旧！

深圳市委宣传部文明办张玉领处长致辞。

新浪网友发给我的连过道都站满人的现场图景。可以看到晓岚校长朋友和海天出版社王颖编辑。

我再三推辞记者拍照之类，但绕不过，头晕脑涨地说了几句苍白的话。

嘉宾朋友竭力支持新书出版。发言者为学生代表李洪，他是博士、教授，前海国际资本管理学院院长。深圳商报吴吉记者和我“一见如故”，成为我的铁杆粉丝。旧日同事南粤优秀教师郑娟、语文高级教师黄秀兰和雷莉副校长等朋友一如既往鼎力相助。

学友娃玲的妹妹，广东省委机关合唱团的主力队员谢小玲深情朗读新书里的《大院》一文。她和妹妹妙玲专程从广州赶来为我助兴，携手而至的一群地委大院的朋友甚至还有从韶关赶到的，情深似海。

大院朋友涌上讲台合影纪念。这是能歌善舞的小玲早就设计好的节目。

华灯初上，有些没赶上签售仪式的故土伙伴们也闻讯赶到欢聚一堂。友谊万岁！

大院妹妹们。

旧日邻居朋友。

89 届学生和同届的初中代表崔进（红衣男孩）带着鲜花和微笑进场。韶芸的儿子当日要去英国，她全家一起来了现场。远在佛山的唐哲等同学也通过深圳同学以积极主动地购买新书的方式支持我。

献华和同学们一道情深意长支持我。优秀的她和同样优秀的学长成就爱情佳话。

惠萍朋友（队列中居第4者）和她的姐妹们。惠萍也是我的“见面少却感情厚”的真心朋友。

高级中学亲友团部分姐妹们。

81届学生妹妹不少是从广州过来的。志勇和文华依然默默地辛勤操劳。杏梅等几位同学每次都从广州过来参加我的新书签售会，我不知说什么好！在华南师范大学做教师的学生妹妹谢玉萍还一定要我收下她的致贺的红包。

华强职校的亲友团穿得特别庄重。非常奇妙的是身穿白裙的小郑娟在后面惊喜地打量着大郑娟。

北师大电脑专业毕业的硕士生郑娟和我的旧日同事南粤优秀教师郑娟是我生命中的贵人。

96届学生说：“老师还记得我么？”

春雷的孩子都这么高了？

93届的李志涛低头读书，每次都从广州过来买老师的书送给学友。

学友娃玲的两个同样能歌善舞的妹妹：小玲、妙玲。

和94届的骆洋姣和陈新拥抱。洋姣次日发给我儿子聚精会神看我的新书的照片，还告诉我可爱的儿子说要送一本我的书给他的语文老师。

地委大院一起长大的兄弟姐妹。

深圳学生麦慧卿兴奋地拉着我的手！当日上午得知消息的她和赵梅花、申红、沈波等几个小草文学社的社员赶到现场。同学们兴奋地和我回忆起当年小草文学社成立时的情景。

高级中学亲友团的零星合影。

每次都来助兴的政治科组长程贤胜谦虚地推辞嘉宾发言，他和谢文树老师因为谦让其他读者朋友而没来得及留影。感动。

……这一天，朋友情谊山高水长！

挂一漏万，诚惶诚恐。所以，整理这些资料我特别累。许多的朋友无法全都在镜头中反映出来。祈谅！

为了我的这本小文集，很多朋友无私援助。包括我在网络上认识的记者朋友和编辑老总、社长，谢谢你们！

感谢我的新书签售仪式组委会成员：

深圳市读书月组委会办公室主任助理朱德明，深圳海天出版社编辑王颖，海天出版社策划部程翔，深圳中心书城总经理赵琴、经理皮全红、陶颖，深圳商报新闻部副主任陈广琳、记者吴吉，深圳晚报文娱部副主任曲作杰……

感谢远文记者朋友辛劳拍照，感谢黄埔学校廖主任，感谢深圳人民医院刘冬舟博士和他的朋友，感谢平平经理，感谢红彬朋友……感谢诸君！

回复朋友：

京东网、当当网、淘宝等可以买到我的书。输入我的姓名（李雪明）和书名即可。

2016-04-20　09:19

等不来的聚会

那天很忙，半天才发现有未接电话，急忙打过去！大弟在那头闷声闷气地说了一句：

“姐姐，李杰走了。”

我一下没反应过来，问：

“去哪了？”

…………

说得好好的，要和这批宣传队队员大聚会的呀，只等李杰归来的呀！

这群学生好久不见。而李杰则到美国21年了！去年，他毕恭毕敬地对我说：“老师，明年秋我回来。”我知道：在心里，他和许多学生弟弟妹妹一样，一直把我当作姐姐的。深切记得前年步玲引我进入“北中宣传队”群时，李杰说，他不想叫我的网络名（雪明老师），叫“雪明姐”。我半开玩笑说不好特殊化。

我喜欢“老师”这个称谓。其实，我和这批学生年龄相当，我真的就是姐姐呀！那时，我还不到20岁，课余时间管理着这个宣传队——相当于我们现在的学校的艺术团。只是我这个语文教师，没有歌舞功底，全凭文学指引艺术。而美，在于我们当时的主观理解、在于我们的向往。

我和这群学生弟弟妹妹经历了难忘的美好的短暂时光。这群学生甚至整个暑假集中在学校里学习锻炼而依然兴致勃勃！很多同学是教学班的领头羊，李杰是其中的佼佼者又是主力队员，加上他为人豪爽、善良、正义，人缘极好。

我记得贵平同学和他特别好。果然，找到他的电话和他谈起李杰，他在那头都要哭出来！他说，前几天才和李杰去选定了一个农庄，想把它作为同学、朋友聚会的大本营。我沉痛地看到他发来的视频：李杰正在山清水秀的农庄拍录像，一群黑天鹅在他身后舞蹁跹。

美好，永远定格。

我爱我的学生。在这个人心浮动的世界，能够在风风雨雨中不松开相携的手、不丢弃同窗的情，该是怎样的肝胆相照侠骨柔情？

李杰回来，贵平特地从粤北赶往广州白云机场迎接浪迹天涯的他。20 多年默默地代替“兄长”关照他的老父母，以至代兄长送李爸爸生命的最后一程。不曾想，归来的兄弟竟突然长眠在他 20 余年魂牵梦绕的故园！

一场欢喜一场梦！

当我故作镇定安慰贵平时，他不时向我道谢，就像亲弟弟一样。我轻轻叹口气说：

“谢什么？我们就是一家人啊。”

是的，宽厚的李杰有着一颗细腻易感的心。他总是能把智慧的眼睛投注到人们不一定注意的细节上。很多年前那个下雨的黄昏，宣传队员们坐船渡河到中心区的剧场演出，我紧张地踏上摇摇晃晃的船桥时，有好事的船夫故意吓唬怯怯的我，李杰大声喝止对方，这一幕让同学们深深敬佩。又比如这次新书签售，韶英告诉我，李杰特地请她当日到深圳中心书城代其买一本。

这是来自海外的学生的郑重的支持和关切的一本书，情意深长。

李杰，可爱的弟弟！你粗中有细，你是我的不折不扣的“精神同乡”啊。远在2006年冬日的一个早晨，你就给我打来越洋电话，兴奋地告诉我，你在异国他乡看到我的《心海如花》了。你和大家一起，关注我的每一本书的出版，关注我的每一个成功。我们最后一次见面应该是上世纪90年代初，我带领3名学生参加市中学生演讲比赛，我们囊括了前三名。掌声中，我看到已经是五中副校长的你向我兴奋地招手致意。

难道这就是你留给姐姐的最后的笑脸？我不信，我怎能相信？

今天，是你离开我们的“头七”，你的弟弟贵平在粤北给我电话，告诉我他替你祈祷；我请他代我、代宣传队队员们为你点燃心香。

我们的队伍里，永远有你！

虽然，秋季的聚会，你不会来……

2016-06-24　17:16

老虎验证爱情了吗?

八达岭野生动物园的老虎咬死人的事件被炒得沸沸扬扬，从各种角度发酵：

有人说，伤者的丈夫跑过去救妻，但旋即逃回；(不可忽略一种评论：丈夫必须折返，因为还有孩子！)只有爱女心切的丈母娘义无反顾而被老虎咬死；人们还列举出某外国小伙的女友在意外事件中被老虎咬死，因为凶手老虎未被执行死刑，这位男子愤然闯入虎穴血刃老虎却不幸丧身虎口。这名誓死为女友复仇的外国人被誉为最无私最有爱的丈夫。

永远是文学艺术主旋律的爱情，大抵有三种吧?

苟且于爱情，忠诚于爱情，献身于爱情。

恐怕，能够献身于爱情者是寥寥的。那位寻仇老虎者就是其中一个吧？他对800万美金无动于衷，一心要杀掉害死女友的老虎。这种深沉的爱，确实很难估量！尽管，他的做法太冲动不理智。有人说，他把老虎当作人；而把自己当老虎了！不是吗？老虎咬人是其本性所在，老虎不具备人的情感思想；而小伙子硬要不顾一切去血战，以为自己是老虎之身！令人感叹的同时人们更多的是深深的惋惜。

古往今来，有多少人为爱情奋不顾身？即便三千佳丽而独爱一身的唐玄宗，最终也不得不为了自家的性命而眼睁睁地看着杨贵妃“宛转蛾眉马前死”。

可以说，为爱情献身者少；但忠于爱情者还是大有人在的；而苟且于爱情的，也不少呢！

补遗：

关于“丈夫”折回这一块，我理解他返回！

我认为：孩子高于爱情。而且奋勇去救妻子，又本能地无奈地返回。

2016-07-29 17:06

时光不老

本文排版：

舍弃一些图片，留下说明。忠于原文，体现现场感。

应邀参加学生弟弟妹妹的各类庆祝活动此起彼落。96 届毕业 20 周年的盛会让我深深感怀时光不老。那时一个年级也就两百多号人，日前大家从四面八方重聚母校广东北江中学——

熟悉的校歌、难忘的乡音、闪光的校徽……虽然，岁月不可以回头。

重逢，洒满爱。

5 班的女生们簇拥着班主任开美老师，还有我。

96 届的聚会的热切，不仅仅表现在同学们捐献的刻有“全实严勤”四字校风的景观石上；它更多地显示了师生们的团结向上的精气神。高三（1）班在当年的数学老师黄宗明的倾情指挥下合唱“明天会更好”。当年黄老师指挥教师合唱团唱“四渡赤水”博得教育系统金奖的往事历历在目。年轻的特级教师邱文还悄悄告诉我，她一直保存着这个节目里女教师穿的我设计的白色连衣裙。

记不清是哪个班的同学现场复制当年的照片：台上的动态造型和屏幕上静态的老照片相合，又轻轻飘散……还有当年羞涩的张同学今天居然在众目睽睽下神态自若地表演独角戏，惟妙惟肖。

…………

对酒当歌，笑语欢声。

这个晚宴，妙趣横生！

宗明老师颇具权威的指挥棒举起来了！当年的班主任小君校长引吭高歌。

唯美的英语金牌教师毛晓云和学生的诗表演。

班主任李开美老师站在心形队列前头，科任老师在第二排——我的造型遮住自己的脸。

班级合影的后面居然有一群高三学生的背景图。

内敛的文彬走过来，感谢我当年对高考前夕痛失母亲的他的深切同情和关爱。

还有圣祺、凯峰、春丽、菱菱、何洁、小敏、慧霞、春雷、黄晖、文东、王芬、燕舞……

这其中有向我报到的北中少先大队的红旗手和小鼓队队员。两年前，94届的庆祝活动我则碰到一群小号手！

昨日的星辰在瑰丽的蓝天闪烁——

笑语欢声中溢满感恩……

这都是作为教师的我的职业范畴内应该做的事，却被学生弟弟妹妹们一再提起。我轻轻点头、轻轻微笑。感谢学生弟弟妹妹们！是你们成就了我。那个夜晚，我和当年的团委书记彭副校长、惟晖主任把学生送给我们的美丽鲜花敬献给当年的老校长毕国恒。

我的亲如兄弟姐妹的同事们也给我许多真挚的爱，点点滴滴在心头：

半年前，小君校长和爱平校长分别从珠海和中山赶到深圳出席我在中心书城举行的新书签售仪式；盛华、秀兰、文树老师则在五年前参加了我的第二本书的发布会。

…………

“岁月像雪花般降落、沉积，它一边覆盖着五味杂陈的记忆，一边又美丽着那些令人难以忘怀的往昔。”

…………

2016-11-14　15:46

真爱不一定动听

伍妹，我的朋友，就这样悄悄地走了。

昨天我匆匆赶往广州，对躺在花丛里安睡的她说：“伍妹，你和星星在一起了！”

我们终究会飞往天堂的，只是没料到本来比我强壮的学友却先走了一步。很多人对我说，不知道你和她那么好！那个疯狂的年代，伍妹是响当当的红五类。她家在粤北近郊的铁路工人住宅，出身“无产阶级”又工作认真负责的她很早就入了党；生性清高的我读书时和她交往并不多，毕业后我们在一起——日渐真切感受到她的真诚和爱。她从不会说我“怕苦怕脏”，更不会批评我“小资产阶级”。读书时她总是远远地、默默地笑着欣赏我、鼓励我。最记得那个年代班级行进途中和开大会前总要放声高歌，我是领起者。她常常悄悄鼓动我：

“唱歌！起音，雪明。”

我常常在她的催促下略一迟疑后矜持地起音，而往往我的声音刚落，伍妹就扯开嗓门大唱起来，还不停地向我挤眼睛。我常常被她滑稽可爱的样子逗得开怀一笑。

昨天，她的两个我从没见过的同胞姐妹亲热地和我握手并叫出我的名字来！记得20年前我大病，伍妹炖了虫草鸡汤送过来，碰到来看我的毕校长，老校长惊讶地半开玩笑说：

“林伍妹同志，没想到你和李老师这么好！”

清晰地记得伍妹故意一撇嘴巴，做个鬼脸大声回应道：“那当然。”

真的，伍妹确实没有对我说过什么很动人的话；我只记得她几乎都是严肃地提醒我。她大约也就比我大半年一年吧？却俨然是大姐。她懂得什么季节吃什么菜，什么毛病不能喝什么汤。那个没有电脑的年代，什么都很封闭，没有今天这些五花八门的养生道道；而年轻的、简单的、傻傻的我听她解说那些丰富的经验，简直像听天书一样。

有一天，她批评我：“你能不能不要这么直接啊！你不喜欢谁，能不能不表露出来啊？”

“那不是很虚伪吗？”我脱口而出。

深切记得那年，她听我说放弃许多前途似锦的追求者而选择“失恋”的很努力工作的一位同事作终身伴侣时，一本正经地提醒我：

“雪明，你本身这么优秀，选择的人的工资还不及我那位的一半，你比我好多了！真的不介意吗？同时，他还不是‘三点头’呢！”

“‘三点头’是什么？”我大惑不解。

“傻瓜，就是党员啊！”

确实，那个“革命”年头，不是“党员”的对象，就像今天不是大学生出身那样苍白。

…………

时光愈老，她的话愈敦厚。伍妹，为傻傻的我的许多风险揪心：她担忧我的简单难敌世事的庸繁，难御人心的叵测。

她护卫着我，在她需要我的时候，我来到她的身边！这是我想起来稍稍自慰的。

3 年前，得知她重病入住离家近的广州华侨医院，我找到 81 届的学生弟弟骆建基，请他的当时在医院党委任要职的太太帮忙关照我的朋友，我并且在她动手术前神奇般地赶到她的病床前。74 届的学生妹妹何竹雅送我上火车，89 届的学生妹妹钟献华开车到广州火车站接我；并贴心地为我准备了送给伍妹的一篮非常美丽的鲜花！

紧急关头双手紧握的那刻，我们都没能忍住泪花！她很喜欢那篮饱蘸情谊的鲜花，不由又笑出声来。此刻，这位总是教诲我的好朋友听话地答应我：

“放心！雪明。我一定信你，我一定能闯过去，一定不倒下！”

…………

只是，伍妹，你终于还是掉队了！

2016－11－20　14:33

美图佳话

沉稳谦和的赵立副局长像弟弟一样。

（三人合影在第三本书里惠存着）

网络时代，确实神奇。

刚刚，我和《南方都市报》庄树雄记者互加了微信。

因为《名师说》公众号里一篇他的“重磅”文章的一张图片，让我们握手了。

上午，有人发给我关于赵立校长朋友履职深圳市教育局副局长的文。我很高兴。因为种种原因，我认识赵校长很久了。年初占宝校长因身体和家庭原因提早退休回南京办学后，我就笃定深中校长将由赵立挂帅；而且很多年前，我推断年轻的、德才兼备的赵校长将会入选深圳市教育局领导班子。

尘埃落定，一切如我所说。

只是，我没有想到：我和王铮、赵立两位校长朋友的合影竟然出现在这个权威的重磅文里。

下午，我根据此文寻找到它的公众号并添加了它，于是看到了几个月前郭雨蓉局长任职南科大党委书记的“重磅”文。我随手写下评论："加油！郭局长，你是女中豪杰。"

很快，我收到了《名师说》的"留言入选通知"。

于是我又写了这么几句话：

"今天有人发给我关于赵立校长任职的文，我才得以看到《名师说》的公众号。这就是缘。"

旋即，我收到"作者回复"——

"谢谢雪明老师，可以加个人微信号（手机号码）"。

我不知作者姓甚名谁，但果断地添加了。

原来，作者是我久闻大名的《南方都市报》记者庄树雄。

他说："看您的头像，您就是我们今天用的一张网络图片的主角吗？"

……我会心地笑了！因为，我在新浪网和许多记者朋友美丽相遇。虽然他说"今天有教育界人士跟我介绍了您"。庄记者还谦虚地欢迎我投稿，说可以写一些深圳教育历史。

我回答："我才疏学浅，写不来深圳教育史；只写些小短文而已。"

他却说："小故事最动人。"

呵呵，刚才我告诉他这张合影的故事了：

大约 2013 年，我对赵立校长说，我写占宝校长比较多，想在我的博客空间（"友情推介"处）有一张和你们（王铮、赵立）的合影。

赵校长随即安排了一个聚会。

当日来到聚会现场，坐下不久，赵立校长就招呼才从北京回来的北京大学附属中学的王铮校长："我们和李老师合个影。"

深切记得矢志教改特立独行的王铮校长站起来，很认真地用手拨弄了一下头发，微笑着……

2016-11-25　20:37

可爱的老爸

我的父亲母亲在闪闪的星星里了。

严父慈母，是我们通常说的长者风范。于我而言，我的父亲和标准的“严父”差远了。我的父亲母亲都很慈爱。而越到晚年，爸爸越是我们的开心果！

大弟曾说：“姐，您和老爸太一致了！您喜欢出书，爸爸不停地整诗集；您爱围巾帽子，爸爸青睐帽子围巾；您说话坦诚，爸爸头脑简单。”

呵呵，谁说不是呢？女儿像父亲吧。

在我的记忆中，爸爸最可爱的一件事是“唱歌”。

“文革”中，爸爸从地委机关下放到粤北坪石的“煤田矿务局”。有一天晚上爸爸回到家里，快乐地告诉我们，他今天教大家学了一首歌唱英雄金吉芬的歌。就是这个晚上，年少的我听妈妈说爸爸很年轻的时候还当过音乐老师呢！可是，当我们听到爸爸用那带着乡音的普通话唱：

“……小金……小金”时，却都忍不住哄然大笑起来！

我们怎么觉着爸爸说的是“小鸡”呢！

太可爱了！我的老爸。我刚参加工作那些年，周末回家陪着爸爸做菜，洗完菜走出厨房时，我对爸爸说，那个佐料盐豆瓣要再洗一下呢。爸爸笑笑。我回头却看到爸爸慌慌张张地将豆瓣飞快地扔下油锅，并下意识地扭头——恰恰与我的目光对接！我大声说：

“爸爸，您骗人！”

爸爸尴尬地嘿嘿笑着，像个做了错事的孩子。

小时候我们最快乐的事大概是——等待爸爸从省城出差回来。

深深地不能忘记，在我们的欢呼声中，爸爸变戏法似的从袋子里拿出“枕头面包”、五颜六色的糖果以及美丽的衣裙、鞋子……

感谢老爸，直到我读师范，他给我买的那件蓝色的西服，成为了一道风景线。还记得毕业时，数科班的一个同学借我的这件上衣照相了。我家里还有爸爸给我们买的一个美丽的花被套，雅致中渗透大气。

爸爸的审美是一流的，他选择的终生伴侣——我们亲爱的妈妈，是内外兼修的小家碧玉。

我见过父母的结婚照。可惜“文革”期间妈妈将那美丽的波浪形长发的“波浪”剪平了——即使如此，风采依旧！媲美所谓的明星照。

我的父亲母亲很美很浪漫。

我至今珍藏着母亲旗袍上的那枚心形的胸针。

爸爸妈妈，是我们的骄傲，

生生世世，我们做您的好儿女！

2016-12-07　11:49

从林道静的爱情看爱情

杨沫的小说《青春之歌》是我在青年时期看的。时隔多年，居然依然清晰记得主人公林道静爱情道路上的过客和爱人。即使是具体情节记不清了，但我依然深切记得林道静对优秀的、宁死不屈的共产党人卢嘉川的崇敬和爱戴。我为他们的失之交臂而难过。

那么多年过去了，常常看到的是：得不到的往往是最好的。不仅仅是因为距离，而是美好永远定格在那一刻。

余永泽，在林道静心灰意冷之际骑士般地现身，后来两人顺理成章地结合到一起；最终又分道扬镳——在于他们不是“对”的那一双！即便余有恩于林，不同就是不同；不喜欢就是不喜欢。今天，阅人无数了再来看，深深感叹：无论是什么年代、什么岁月，情和爱总是有规律可循的。

细节肯定是不甚了了了，但真真切切地记得余永泽对林道静的小心翼翼的呵护。他为了得到她的心，会谦卑地迎合她——虚假了。

爱情不需要奴相。爱是平等的、相互的。其实，有时越是讨好越让人生厌！今天，生活中的一些“小男人”也如是。

余永泽有文化，也有浪漫，懂生活；但他的怯懦和自私的质地，很难有勇于担当的大丈夫气概。不仅仅因此他与可歌可泣的伟大事业无缘，而且他的秉性决定了他的局限性，他不会有“义勇”。而即使不谈“主义”，也会有风浪的。风吹草动时，他如何应对一切？更遑论奋不顾身护卫什么了。由此，我想到当今某些“小男人”，因为自私和虚假，他的爱往往也是很肤浅的，甚至因为私欲而错交的也不少。在这个人心浮动的年代，虚假者最缺乏的是“诚实”和“担当”，所以当其一旦朝秦暮楚地遇到麻烦时，他通常不会站出来；而是龟缩起来，把一地鸡毛留给自己的家人。

生活中还可以看到一些极度自私者丝毫不体谅他人却斤斤计较、睚眦必报的狭隘。

余永泽如果生活在今天，会不会出轨不是我们要关注的，倒是他敢不敢担当才是值得我们讨论的。不由想起卢嘉川、江华式的“大男人”：他们不会作假，爱就磊磊落落地爱；当需要承担责任时，自当挺身而出。这才是有血性的男子汉。能用生命去殉壮丽的事业的人，怎会苟且偷生？

所以，寻找爱，首先看灵魂而非皮毛。

2017-03-22　11:01

幸福就是“他去哪，我去哪”

花儿为什么这样红?

题记：幸福，需要同频。

几天前的朋友聚会上，欣喜地印证了我的《幸福要义》文里说的：

“幸福就是爱你爱的这个人。”

第一次见到Z校长朋友的夫人——没有陌生感，很亲切。她说读过我的新书，还问我是否继续写。三言两语后，感觉着她的善良和真诚。尤其在轻轻谈到近年跟着先生从江苏辗转深圳的历程，她脱口而出“他去哪，我去哪”。

她的声音不大，我却真真切切地听到她的由衷的幸福：

她随爱人而动，目标永远是他。满怀喜悦地、心甘情愿地、无怨无悔地陪他走天涯。

我不知在这过程中她是否左右过自己的工作、事业，我想这个真的不重要。虽然，常常——排山倒海般的街谈巷议和“心灵鸡汤”忠告着一众“黄脸婆”们：

一定要有自己的事业，一定要自己优秀！

而“我养你”，更多地被讥笑为“傻话”而非“情话”。

我静静地听她微微笑着说 5 点多爬起来做早餐，分明透露的是为自己的爱人“忙工作”的骄傲。我不禁道：

“校长的军功章，你有一半。”

爱是两个人的事。

前不久看到一幅画：一个美丽的女孩踮起脚尖与长颈鹿对望。我随手写了评语：

最美的童话——你刚好成熟，我刚好温柔。

爱是美丽的，是彼此倾慕的，是同一频道的。

如此，你真的无需彷徨担忧！

无论你优秀与否，爱的那一方总是与你保持着不远不近的距离，永远相依！

哪里会有鸡飞狗走的一地鸡毛呢？

2017-07-30　10:41

同　频

题记：生命中，灵魂相拥的朋友尤为可贵。

高铁上，一个可爱的小女孩羡慕地看着小哥哥吃饼干。被她逗乐的小哥哥随手抽出一小包饼干递给妹妹，小女孩伸出手来接却又收回去了说：“妈妈说不要占别人的便宜。”小哥哥笑答：“你道谢了，就不是占便宜了呢！”

……但后来小女孩还是回送一个苹果以示感谢。

这件小事引起我的共鸣。

很小的时候，我在楼下等妈妈出门时，把小篮子里我非常珍贵的糖果送给了那位教我歌谣的小姐姐了。妈妈知道后，笑了。

回想起身边许多美丽，不就是在一来二往的修行中编织的吗？

天涯海角的新浪网友与我因文学结识，而我和我的旧日同事、学生、同学、师长朋友的真挚友情也得益于文学。数年前，我在郑娟老师的指导下在新浪网开设了自己的精神园地。

文学功底深厚的瑞兰老师常常点评回应我。在我的新书发布仪式上她送来一双花篮和一束鲜花——

真诚地说她认同并感谢我。我深信：

每一朵花都是笑的。

亲爱的挚友，一路走来，有你相伴，陌上花开！点点滴滴，永恒。

…………

又后来，和我几乎没有交集的晶青老师也给予我很珍贵的信任和关爱。前几天，她邀我和瑞兰在学校附近的丹桂轩酒楼喝茶。

几盏点心，一壶香茶，万般喜悦！

这一天，特别快乐地记住了我们闲谈中的两大话题。

晶青说香港回归20周年庆典的烟花绽放时，瓢泼大雨过来凑热闹，她不由躲到旁边的女孩的伞下，热忱的女孩把雨伞倾向她、紧紧地和她相依。她们在雨中一起为烟花的惊艳而惊呼、欢笑，好开心！雨停时，她才发现女孩既不会讲普通话更听不清粤语，两人便不约而同地说出了英语。原来她是一位日本女孩，她在香港做志愿者。晶青说，那一刻她很温暖、很震撼。

90年前的抗日战争，没有办法和眼前的一切重合。是的，善良和正义永远是主旋律。我们不能把今天的日本人看作当年的“小鬼子”。我开心地说起我新书里的《今天，我不穿花衣》，说起深圳中学学生前几年奔赴云南探望采访抗战老兵的事，说起抗战胜利90周年纪念日国共老兵一起乘车参加大检阅……进入到第二个话题。

这些当然要以主事政治课的瑞兰友为权威了。我们从当年国民党中央军校的飞行员气壮山河英勇赴死谈起，深深认同以国共合作为基础的统一战线是全民族抗战的核心的观点。至于主战场方面，瑞兰友作了总结性的发言：

联合抗战，枪口对外……淞沪战役、晋北忻口战役、徐州和武汉战役等可圈可点……

我们谈到今天，感触良多！历史，正一步一步回到本来的面目。

比如《血战台儿庄》《中国远征军》等电视电影体现了我们的客观真诚，体现了我们的自信和胸怀。

相聚是因为友情。一来二往的友情更因为同频。精通英文的晶青的家装洋溢着欧式风格的华丽，她喜欢香港半岛酒店的下午茶；我没去瑞兰家，但深谙她的浪漫情趣以及侠义柔情。我常常感叹美丽温婉而富有才情的瑞兰友怎么就没读如诗如画气象万千的中文系呢？

朋友，实在是情意相契的。

沛麟校友在网上（当当网或京东网）买了我的新书，不久前他就此谈感想：

“你的《后记》的那段话就是我的感受：‘和颜悦色地借此说彼，本身就是善和美。生命中，它们就是日月，永远散发出迷人的光辉’——这也是你的本质写照，是这本书的精髓所在。真爱永恒！祝君安好。”

感动之余我想：我和这些朋友即使很多年不见面，也不会陌生。

8 月 24 日 12 时 28 分，“冠诞诗园”网友发给我私信：

“老师，我在北京朝阳图书馆无意中看到你的这本《我像雪花天上来》。现在捧在手上看呢！谢谢老师。”

之前新浪网友“心静”告诉我她在云南临沧的新知书店买了我的这本新书，“很喜欢”。她说她 1988 年在师专毕业，任教 7 年后改行。喜欢文学和书法。

再之前，有新浪网友告诉我在温州图书馆、天津图书馆看到我的《生命中的美丽相遇》；而深圳第二实验学校的鲁江校长则说在市委党校图书馆看到我的这本书（当时他是市教育局人事处处长）。

深圳中学的詹积凡主任和我的学生钟真真在北京买到我的《我像雪花天上来》。真真说是在北京亚马逊书店同时买到第二和第三本书的。我还想起他的同学谢玉萍，已经是华南师范大学教师的她当日从广州来到深圳中心书城，参加了我的新书签售仪式，还硬塞给我一个祝贺的礼包。

……虽然我在数篇文章记录了许多友情，但一定会挂一漏万。

我只想说：感谢有你，我的朋友！

书，是我的心声。

感谢你的最高礼遇！

2017-09-04　10:26

老师的生日礼物

学弟学妹们拉我和四位老师坐第一排。惠祥学妹和我各守左右边。
紧挨着我坐的依次为：
李柏桓老师、黄淑娴老师、古美琼老师、向东辉老师。

题记：爱，从过去到今天——一直如涓涓细流、永不停息……
我的生命，才会如此美丽！

明天是我的生日。

昨天，我幸运地收到了我的老师的温暖的礼物——我见到了求学（高中）时期的四位仁慈的老师。

我在第一本小文集《心海如花》中提到我的小学老师关雪文。我只写了那件刻骨铭心的事：

应该是三四年级时，关老师提问某课文的某段落大意。

我站起来羞涩地说：

“党哺育我成长。”

话音刚落，老师就大声地说：“好！”她随即擦去自己写在小黑板上的答案，写上我的理解。

那一刻，我惊喜地发现我不笨，我是一个聪明的孩子；我居然可以超越老师的概括。

当“长大后，我就成了你”时，关老师的谦虚、严谨和慈爱鼓舞我前行。

昨天，在和我的这几位高中老师相聚的短短的两小时里，老师们的仁慈和爱再次温暖了我。一见面，老师就心疼地说我瘦了！我的班主任李柏桓老师关切地问我是否太忙碌了。去年 4 月 16 日，李老师专程赶往深圳中心书城支持我的新书签售仪式；他和太太古美琼老师一再嘱咐我不能太劳累，像爸爸妈妈那样迟疑着问写作是否需要适当停一停？我笑笑告诉老师：我习惯每天上网看看世界，我写作的时间不多而离开我的精神栖息地我则惘然无措。老师欣慰地连连点头。

黄淑娴老师把脖子上的白兰花项链取下来要送给我。我感动地赶紧推辞：

“老师，您弄错了！我是说我有一个这样的兰花吊坠，我很喜欢它！”呵呵，老师以为我说我喜欢她的项链。

这是怎样的爱啊？面对恩师，我不由想起了远在天堂的双亲。

离别的时候，我站起来，突然发觉向东辉老师俯下身子，悄悄地帮我结好旗袍最下方的那颗盘花纽扣。

爱，从过去到今天——一直如涓涓细流、永不停息……

我的生命，才会如此美丽！

补记：

我们读高中的时候，黄淑娴老师和向东辉老师刚刚大学毕业；我们读初中的时候，李柏桓老师和爱人古美琼老师刚刚大学毕业，成为广东北江中学的最年轻的教师。

2017-10-24　18:45

用一朵花的姿态饮尽春风

那个冬夜，偶遇93届学生吴卫萍。

不久，收到了如同她一样温文而深挚的信。

她说读书时自己是一个普通的学生，没有如陈磊（全国中学生演讲一等奖获得者）那样出彩；也没有像志涛那般瞩目（杰出的学生领袖）。她没能进入全校同学羡慕的学生广播站和仪仗队，但她会想象自己在话筒前念稿的样子；模仿小鼓队队员打鼓的姿势……

可爱的女孩对美好的向往跃然纸上，字字句句拨动我的心弦。我们常常以为自己很努力，很公平。老师在学生眼中是一个焦点，而老师面对的是一个群体。要真正做到一碗水端平，无论于主观、客观都非常不易。所以，更多的时候，我们确实需要不断地发现、调整和完善自我。

教学相长，学生常常让我们更新。

我在《幸福，不期而至》文写过一位早年没有完成学业的学生，他告诉我他被“劝退”出校门乃因用报复的手段“教训”了那位年轻气盛的歧视他的年级长。我已经记不起这个细节！历尽艰辛的他并没有埋怨我这个当年不谙世事的年轻的班主任老师，反而一直和全班同学一起关注关于我的所有报道。几十年之后的久别重逢，他送给我自己做的刻有青青竹子的玲珑剔透的玛瑙挂件。

他说：“竹报平安！老师，祝福您。”

我不能推辞，它的价值连城在于一片赤诚。

今天，卫萍学生妹妹同样让我感慨万千！虽然她并没有在我的具体指导下参加过某种竞赛，也没有在我的关爱下做播音员和学生干部；但她这样说：

“雪明老师，这都不影响我对您的喜爱。校园里偶遇老师，我会远远地欣赏那朵美丽的蓝莲花——您喜欢穿蓝色的上衣和黑色的裙子……”

长大后，恬淡的她成就了儿时的梦想，成为了一名广播电视人；担任着这个城市的广播电视台的办公室主任。

我觉得，她和我看过的一篇小短文里的女孩儿一样。

作者用儿时往事来透视昔日同窗珍的笃定，暗示美丽的奥秘。她说自己会为新裤子被小伙伴踢一脚后留下脏兮兮的印痕而生气得大哭，一点点小委屈也满是忧愁和气恼。毕业时那张全班合影，珍同学站在第二排边上，裤子膝盖处的补丁赫然可见！但美丽的她淡然地注视着前方，微笑着。相比自己，珍的恬淡令她无比羞愧。

再后来，长大后，这个城市的电视台的美丽的女主播的温婉、亲切的声音回响在每一个角落。她就是当年那个不慌不忙微笑地望着远方的珍同学。

优雅常常无敌。

卫萍学生妹妹，你让我想起了这个小故事；想起了我因此写下的《恬淡也是钢》。

你就是，那朵花儿。

2018-02-01　21:00

爱

今天，人们都在说“爱”。

网友“蓝天白云”对“爱”的理解：

“爱很简单，就是用孩子的心去顾念天下的父母；用父母的心去顾念天下的孩子。爱很简单，就是带给别人温暖的举手投足间，像秋天的云一样淡泊清凉、无声无息，单纯而自然。”

大约，这是一个通俗的、比较广义的理解吧？而“爱情”，也能从中读出真意吗？

我想，无不可以呢。

爱情若如父母心、孩子心那样，就都很真挚；而能像秋云一样高远、纯洁又怎么能不地久天长呢？

于是，我写下这两句。送给西方的情人节。

2018－02－14　17:34

许故人不散

我（左一）与师长被学生们引领坐在第一排。

引子：

刚刚收到卫国学友转过来的《请把自己交给幸福》一文。

此刻，我的幸福是：把文章的最后一个字打到博客上。愿时光能缓！

时光愈老，我愈信：景物易更而情怀依旧。

从学校门到学校门，一辈子就没走出过校门。

22年前，当我挥泪离开母校、南下与家人团聚时，骤然觉得好孤单。深切记得，上全市观摩课那天，我特意穿上母校的校服，从容淡定走上讲台……

后来的后来，我和这块热土上的同行们成就了同样的深情厚谊。

陌上花开，永远感恩亲爱的父母、可敬的师长、可爱的母校。

深情仰望云端里的廖拔成校长、区志行校长、张东海校长、黄辉校长、吴国明校长、黄杰校长。

新年那天，我和家人专程驱车赶往佛山市拜候了毕国恒老校长。毕校长是“文革”恢复高考后从外市选调入北江中学的掌门人，历时15年（1984—1999）——这一段，是我们这所遐迩闻名的重点名校在“文革”之后的一个石破天惊般的腾飞时期。各种竞赛和成绩名列南粤前茅。省委书记也亲自来到学校考察。

在我的记忆中，毕校长不苟言笑、铁面无私。但在我患病、家人又远在外地学习时，毕校长非常焦急，让女儿帮我买米买菜，亲自过问我和孩子的饭食。就像一位仁慈的兄长一样。为了让家人更好地援助生病的我，毕校长甚至询问侄子是否愿意到粤北来读书——这是严苛的老校长的破例！

危难中的关爱抵得上一千次的锦上添花吧？

我在第一本书里写过：年轻时，我们的物质生活还比较匮乏。深深记得有次廖拔成老校长把一个咸蛋切开，分给我一半。当我劳累过度病倒时，廖校长亲自带了一篮红苹果到医院探望我这个体弱多病的小字辈。而这一次，医生告诉我，毕校长指示用最好的药，不惜一切代价。

清楚记得毕校长曾对我说：“鼓号队队员洗净上交的服装，要求整齐叠好、用统一的塑料袋装；每一个袋子都必须放一粒卫生球。李老师，你自己家的衣服都没有那么讲究吧？”

…………

怎样的扎实的工作作风，才能对下属的工作细节了如指掌啊！

方正的毕校长对我坚守底线的学习品质也予以亲切的肯定、热忱的赞赏。他告诉我，其他县市的老师反映我是外出进修学习的人群里最诚实、最具北中风范的教师。他对此甚为欣慰。

我的每一步、每一个工作都被老校长看在眼里。我是在历届老校长的悉心呵护、严格培养里成长的。

大约上世纪80年代初，韶关师专两个教学班的学员来听我的课，时任师专政文系主任的区志行老校长写给我长达数页的“课文评价”，满溢亲切的鼓励和期待。

当区校长成为母校的领导时，他也给予我父亲般的关注和关爱。有一次他来到山脚下我的办公室教我做简易的气功，鼓励爱静的我锻炼身体。

曾被打成右派而历经磨难的才气过人的张东海校长与我同年级时，多次语重心长地教导我勇敢坚强。那些年，聆听张校长的教育教学讲座，茅塞顿开。这些理论也指引我在当时“举目无亲”的深圳一锤定音，坐看云起。

而早期的校革委会主任黄辉、黄杰、吴国明、李其璇等老领导都是具有政治和经济知识的老革命。朴实无华的他们没有因我父亲有国民党员这个重大历史印记而疏离我，反而视我为手中的宝！在那个灰蒙蒙的时代，这些穿灰蒙蒙服装的工农干部从不批评我的所谓小资产阶级情调，总是亲切地用欣赏的眼光来注视我、扶持我。“文革”结束后，回到领导岗位的廖拔成老校长兼任地区教育局副局长，他指名让年轻的、没有什么资历的我担任了语文学科组副组长。

而我读书时的老师成为了我的同事，他们快乐地和同行们给予我许多支持、宽容和帮助。

美丽，历历在目……

补记：

很遗憾，图片中廖拔成、区志行校长缺席。

2018-03-22　06:19

幸福密码

我们常常听到：

生活就是一堆麻烦。

希望是火，失望是烟。

生活就是一边点火，一边冒烟。

于是，许多斗智斗勇的保卫爱情、保卫婚姻的说教蜂拥而至。

那一日，我听到了当事人描述的最理想的婚姻。

那个幸福的妻子面对面和我坐着。她轻轻地拂去杯中的茶叶，水汪汪的大眼睛写满了美丽。

她是我的小校友张翠玲。

在这个躁动的城市，我们得以会合在于乡音和乡情。想来我们相认也有七八个年头了吧？她依然故我地一身端庄高贵的黑色职业套裙。彩云般的微卷的齐耳短发环绕着那张经年不变的娃娃脸。

那天，我才知晓，在婚后的若干年，专攻美术的爱她的先生建议她剪去长发并亲自为她设计、修剪了云髻式的发型，年年月月，从不间断！

这是怎样的爱呀？

她灿若云霓的娃娃脸上浮动着的幸福的笑意似乎在告诉我：

“我崇拜他像个英雄，他宠爱我像个孩子。”

喜欢的歌、静静地听。

喜欢的人、远远地看。

是的，恒远的爱更是相互的；只是被爱或是爱着是不够的；甚至是肤浅的。

酷爱邓丽君的翠玲校友学的是声乐，先生学的是美术。当年，两个追寻艺术美的年轻人相互“最初喜欢于样貌，然后沉溺于才情，最后折服于三观”。

世界上最幸福的是你钟情的那个人，刚好正爱着你呀！

而爱，岂止是用口说的呢?

走上工作岗位后，翠玲又跑去学经济管理，二十多年来驰骋在这个创新城市的商圈叱咤风云。而静静地安于文职工作的先生从不阻拦她的奇思异想、跃跃欲试。正应了那句：

“我在闹，他在笑。”

幸福，不是智斗，更不是勇伐；而是情投意合、举案齐眉。

2018-07-06　22:10

我的奢侈品

题记：献给我的所有朋友——谨以此文。许多好友，种种原因没有合影，但在我的生命里。

奢侈品，具有独特、稀缺、珍奇等特点；它并非生活的必需品。复旦大学陈果教授把朋友誉为“奢侈品”，实在高。

有人说，在辽阔的生命里，总会有一朵或几朵祥云为你缭绕。

朋友无用，在于无功利之用。它非常圣洁，与爱情一样——

独特在于光华；稀缺在于宝贵；珍奇在于魅力。

它不符合实用性的标准，却使生命奢华。

前天，与笋岗中学的小老乡杨粤元老师的重逢居然是十年一面了！这一次相约，同我一样不会辨向的她豪气地回应我“丹桂轩？搜一下就行”。

然而，会面的时间过了，她发过来微信：“转了一圈，没找到。我走到了红荔西路。”原来，在方向感上，她比我更笨！

也许我们俩出奇的一致让彼此一见如故。

20 多年前，初来乍到深圳特区，我居然在红荔路与美丽如初的她面对面地碰上了！我们是在粤北的一次全市统考的阅卷组认识的。一头纯美长发的她安静、温和。这位来自第四中学的小女生似的老师让我一见倾心，她也近乎崇拜地一步不离我这个组长。

在异乡，四目相对的一刻，那种惊喜可想而知！

原来，友情可以很远，更可以很近。我当时栖居的寓所与她大约也就几百米吧？

早出晚归的生活让我们的诗意少于琐屑和繁杂，周末我还要给当时远在故土的孩子写信、打电话，到书城查找高考复习资料。记忆中我们似乎没有什么聚会，总是在路上遇上了就心有灵犀地聊上一会儿然后各自欢天喜地而去。不久，我搬离了园岭；她则迁至盐田海边。

时光永逝，初心依旧。

单纯的她收获了忠贞的爱情。她的他悉心地护卫着她，并与之“齐心协力地迎击生活中的种种困惑”。她微笑着轻轻说，与电影明星秦怡相比，所有的艰难都很小很小。

一时间我意识到这位小妹妹朋友的纯真、简约里参透佛家的圆通。原来许多年以来，她的淡定、淡然里驻着的沉稳和辽阔一直在我心里开出花来。

而郑娟，则明镜似的洞悉我喜欢什么、需要什么。她是我来到深圳最早结识的同事朋友之一。这位睿智的电脑教师，秉承了大学教师父母的温文尔雅，有一种异常冷静的风华。淡看名利的她，却被美誉追随着。日前一起喝茶，亲见她婉谢校领导电话的什么评选的角逐。她的文学语言和数学思维常常让我忘记她的计算机“本色”。

常常，她轻轻的点评、缓缓的说笑让我偶有的千千结烟消云散般解放。

今天，我在新浪网快乐地驰骋，郑娟挚友功不可没！是她坚定地鼓励我并手把手教我在这里开拓了美妙的文学园地。

我们也曾经朝夕相处地住得很近。

缘分，不由你不信呢！

小我两岁的冯华博士也是偏偏在小区里遇上的。

她的头衔满满。（合影见《你喜欢的人就是你的模样》）

此前，我只知道她是读过军医大学的军医，到过美国获得博士学位的美业界领袖，父母都是老红军。日前才从她的书里知道她在国务院国资委担任两个“主任”，父母亲都是《开国元勋将士录》里的革命军人。

在长长的相识而短短的交往里，她的淳朴、坚毅、勇敢给我许多直观的教育和鼓舞；她的善良谦和大气给我留下了深刻的印象。

我很幸运，我和老红军的后代总有不解之缘。不久前我也才无意中知道因书结缘十余年的海天出版社的王颖编辑朋友的父亲也是一位少将级军衔的革命前辈。

君子之交淡如水。

2018-07-14　09:55

我怕你哭

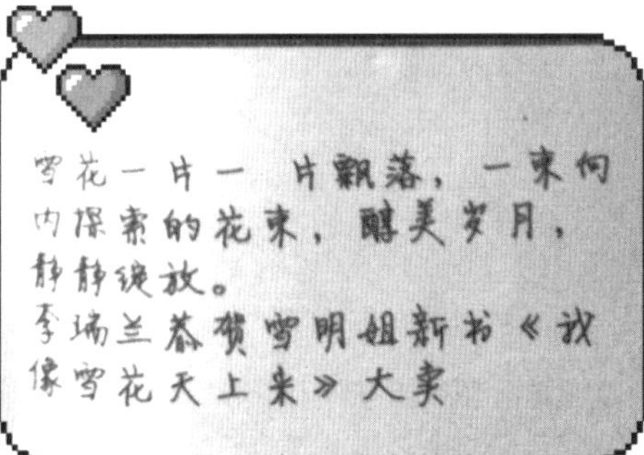

瑞兰亲笔书写的贺卡突然出现！冥冥中自有天意。

你走了！居然。

七夕，你特意来向我道别。

清晨，赫然看到两年前你在花礼网为我的新书预定鲜花时亲手书写的两行娟秀的字：

“雪花一片一片飘落，一束向内探索的花束，醇美岁月，静静绽放。

李瑞兰恭贺雪明姐新书《我像雪花天上来》大卖。”

傍晚，同事朋友廖睿主任迟迟疑疑地向我报告学校办公室的“讣告”。

几天前，你还发给我文采飞扬的信：

“姐，生活就是五味杂陈，得失之间寂寞能仁。大繁若简，大成若缺。我最近也是一堆杂事要处理，有些忽略了和姐的互动。姐姐有好消息分享，真好！”

人缘极好的她善良温婉。这些年一直在新浪网追随我、支持我。

小我一轮的她总是适时地出现在我身旁，比如校庆，她就早早在校门口等候。

美好的友情和爱情一样很圣洁，灵魂上的互通互助是至亲和挚爱。所以不会让友情为难。也因而，我茫然不知：

你何以要逃离？

这一段，我因故极少参加聚会和约会。不但于她，比如安莉好友也是大半年没见上一面了。在我心底里，真情无需告白。见与不见都情常在、心依然。这是不是就像别人说的：我们的友情就这样无用着、闲置着，彼此舍不得将清水搅浑？

很心疼她。

想起我若有空，临时约她，她一准开心地飞车过来。而谦卑有礼的她断断不会明明白白地直接求助于我。这几日，想起她20余年孤身育儿，以一朵花的姿态绽放的表象下，有怎样的忧郁，又有怎样的苦楚和辛酸？！

不是已经云开日出了吗？孩子在海外学有所成，还领着可爱的女友回来省亲……

我明白了！如果败，就败在你太爱孩子；败在你故作镇定的清高。

18日，送她远行。

吴川主任希望我为她写点什么，他说记得我为英年早逝的孙泽军主任、王建军老师写过文。我机械地回应：

“我不写，她还活着。”

瑞兰小妹妹，没有你的旅途，我更需珍视自己。

因为，我怕你哭。

2018-08-21　17:41

遇见谁，你便是谁

题记：你喜欢的人就是你的模样。

生命的路上，人来人往。我感怀所有的微笑。深信“有明媚的心境，才有明媚的际遇”。

我珍视，那些在生命旅途中迎面而来的朋友。

常常，在某个小鸟飞来飞去的春日或大雨滂沱的盛夏里，朋友——突然沐浴着满园春色或欢笑着抹去跳动在眉宇间的水滴快乐地来敲门。

这种情谊像秋天的枫叶那么红，如冬季的雪花那么白。

我很迟才用微信。

一般我很少主动加微信，可能与自己不习惯用手机记录电话也有关系。

你有这样相同的感觉吗？即认识几十年或仅仅一面之缘的朋友，在微信里头冷不丁地向你招手——

是不是如坐春风般地温暖？

比如，小时候一块在一个大院里长大的江海燕朋友，比我小两三岁吧？记忆中那个长长的辫子圆圆脸的小姑娘，长大后却剪短了长发，一直是我的“远程领导”。无论做到什么官儿，她始终牵我的手、她始终是那个“小朋友”，记不清何时何日她静静地成为我朋友圈里的静静的朋友。

余小舫院长，聚会见过一次；他在后来的岁月中却主动帮我许多忙，还抽空为我的有疑虑的腿做手术。我居然一直没有请他吃过一顿饭。看到他的挥手，很感动。大约，他认可我“是一个不收家长钱财的好老师”吧？

还有利红、小翁、亚娟、红珊、明文等邻居朋友，默默地关切地注视我搬离梅林一村的背影，同样悄无声息地加入我的微信群并闻讯赶到中心书城，为我的新书加油。

人们喜欢说，人生就是一个单程旅行，有的人早早地下车了。

我想，无论上上下下，列车总是呼啸着前行。能够成为朋友的人，也许同坐；也许不在一个车厢；也许话没说完已经不得不下去了。但能在狭小的空间、短暂的时光而成就一段山高水长的友情，本身就是史诗呢！

想知道自己的样子，就看看喜欢自己的朋友，是不是和自己一个模样？

2019-01-07　17:18

我在最美好的年华，遇见你

繁华落尽，如初见。

几十年过去，居然像美美地睡了一觉醒来。

眼前的同学，还是旧模样。小羽，依然是蘑菇头；只是头顶上那朵白色的蝴蝶花不见了！

昨天，小羽说她是2013年在新浪博客寻到我的。这么多年不见，记得当时我看到留言，看到“华羽芳菲”的博客名，我马上想起“小羽”。而她给我的深刻影像就是那朵飘然颤动的花儿。

6岁读书、12岁毕业的小学阶段，我的确没有太多记忆详尽、大悲大喜的故事，然而散落的星星点点，都有光、有暖、有歌。

如果说，父母用生命去呵护儿女；真爱值得我们用一生去守候；那么，同学情呢——

那些纯白色的记忆，在流年中生生息息。无需承诺、无需誓言、无需惊天和动地，却深深浅浅地标记着“友爱”。

这么多年来，我一直没有见过谢志辉。他当时是全校闻名的淘气鬼。危难关头，他与同学们一道救过我。那次学雷锋，中队长的我带领同学们上山砍扫把草却被一个尖锐的树桩刺破了脚底，鲜血直流。同学们轮流背我下山，其中力气大的男同学范秀明背的时间最长。次日学校广播台特别表扬了范同学。那个年代，男女同学是不讲话的，因此范同学背我的新闻颇具“爆炸性”，也就自然而然地被隔壁班的淘气鬼“炒作”了！他们对着我们的教室大声叫嚷：

“猴子（范同学的绰号）背李雪明了，猴子背李雪明了！”

我正大惊失色时，谢志辉突然吼道：

“背你个鬼！妈的，再喊我宰了你！”

那边喊声戛然而止。

我至今对谢同学感恩戴德。可惜小学毕业后，我再也没有见到他了。不知他过得好不好？

1996年，我入调深圳时，国平同学任区人事局局长。他满怀热忱地欢迎我的到来，给我提供了许多亲切的帮助，甚至还关注并亲自考察了我的临时住地。如兄弟姐妹般的同学们听到我不喜欢学校没有大树和草坪而准备“打道回府”时，不禁焦急万分！大家聚集在醒娟家里做我的工作。记得国平说自己当初还住过“铁皮房”。同学们你一言我一语批评我入调深圳太容易、条件太安逸而不懂珍惜……几个月过去，我深深地喜欢上了这里的学生和同事；深深地爱上了这块神奇的热土——同学们功不可没。

栖息在我衣帽间的小朋友。

应光同学爽快地找了一辆车，将我需要的小冰箱从粤北亲自“押送”过来。

卫国是联系最紧密的朋友。无论何时何地，总能得到这个做党的组织工作的领导的细心的呵护、指导。涂克、小莉、何杨、勇建、佩华、波素、炳华、醒娟总是适时地出现在我的面前，给我许多鼓励支持。已故学友娃玲的妹妹们与我延续了姐姐的深情厚谊，从广州赶到深圳中心书城支持我的新书签售仪式的举行。

远去的孩提时代，那一段天真无邪的时光，不长也不短。

光阴的屋檐下，我们一直在遇见。亲爱的同学们：生命的路上，有你真好！

2019-05-29　20:01

唯有真情与不辜负

题记：以“可亲、可爱、可贵”连接全文，表现主题。

将一段一段的岁月流金，折叠成一只一只千纸鹤，悬挂在心窗——这是我听到的最诗意的流年。

荷花息影、荷叶渐行渐远的深秋，应学生弟弟妹妹之邀，我回到母校广东北江中学。一拨又一拨熟悉又陌生的面庞，像一只又一只美丽的千纸鹤展翅飞翔。

可亲：

回到故土的当日，78 届 4 班的学生妹妹陈月琼就怀抱租借到的韶关市仅存的一条朝鲜族裙装，来到我下榻的酒店送到我手上。她轻轻地郑重其事地告知我，远在香港的邓燕芬知道我参加老三届活动需要它，恐裙子被他人租去就捷足先登地电话下单了。

与月琼握手相拥的一刻，再次想起40多年前，我被学校临时派往清远山乡，加入地区工作队，与地委干部一起参加农村工作调查。在艰苦的山乡里，最奢侈的幸福就是收到这个班的孩子们的稚气、深情的书信。在没有Wi-Fi没有网络的苍白的年代，一封封带笑的飞鸿是一笔笔无价的财富！它连接着我与学生弟弟妹妹的深情厚谊。

40年之后的重逢，朝鲜族裙装的情义率先来到。

虽然在老三届活动的晚会里，我最终选择了学友的妹妹——75届的谢妙玲从广州带过来的下摆缀满小花的蓝白相间的朝鲜裙，但学生妹妹们急我所急的真情永远与我相依。

那个早晨，学生弟弟黄启坚关闭了自己的小食店，与燕芬一起带着鲜花开车来接我回母校。特别感动燕芬记得我喜欢旗袍，带给我一个有美丽的大蝴蝶的布包，说它特别配我的旗袍！在学校门口，欢天喜地的4班的29名从各地赶到的同学穿着统一的红衣服，雀跃着围拢过来与我合影。

时光，可以改变我们的音容，但笑貌依旧！

深切记得，那一年我大病初愈，已经毕业了的孩子们居然在某天悄然地集合到我的面前。大约，这些深深的记忆，形成他们对我的特别关顾和克制：

一百个念头叫我一起到农庄度过难忘的一天，但一百个犹疑怕我太忙应接不暇而客套。而我谢绝午餐甚至晚宴后得知情况深深内疚时，大家反过来安慰我：见到老师，圆梦了，知足了！老师不要后悔，老师保重！

后来才知道，为了这个重逢，邓燕芬、周瑞霞、张秀丽、邓永妹、李俊斌、陆羽文、陈仙秀、杨翠环、胡若翰等同学从外地赶到；谢桂英和陆羽文分别临时离开重病的大哥和刚做完心脏手术的先生；黄启坚关门不做生意；骆伟伦放下公司的繁杂事务；张小琳也丢下不能丢下的双胞胎孙子；罗可京和黄韶敏克服重重困难……陈月琼、徐焕州、黄美霞等同学为聚合细心地张罗！

邓燕芬、陈月琼、黄韶敏以及班长李俊斌告诉我以上感人故事……

当年那个有着一双扑闪扑闪的美丽的大眼睛的燕芬，内外兼修地亭亭玉立于我面前说："老师，您言行一致地教导并影响着我们。老师，可能您都不清楚，其实我们之所以能团结友爱保持联系，皆因有您！感谢老师这么多年都没有把我们忘记。"

74届3班的班长王锡珍不约而同地呼应了燕芬的话。

岁月不老，师生不散。

可爱：

当繁华落尽、鬓满霜的学生鸦雀无声端坐在教室里，静静地等候你迈入昔日教室而齐刷刷起立向你敬礼问好时，是不是想说“细水流年，与君同”呢？

关于他们，我的第三本书《我像雪花天上来》的“水晶心”篇的《幸福，不期而至》有记录。我教过一年的这群学生，创作了“班歌”，其中的“百炼成钢”是有深意的。年少天真的孩子们在那个不读书的年代里却牢牢记住了我批评他们的一个词“恨铁不成钢”。在2015年的大聚会中，他们纷纷走过来告慰我：

“老师，我们‘成钢’了！”

中午，与等待我许久的93届的雷凯菁、陈磊、刘华等一群学生吃午饭。

兴冲冲与学生弟弟妹妹们携手走在校道上时，我们仿佛回到了如花的岁月。

与陈磊相视时，我们都会心地笑了。

1990年，我带她赴京参加全国青少年演讲比赛。校长特批我们坐飞机。为了给学校省钱，我在广州白云机场的酒店选择了一间没有空调的价格相对便宜的房间，结果我和陈磊都热得睡不好。

想起来，我们开怀一笑。

赛前赛后，我俩的傻傻的“淡然”不仅引起兄弟省市的老师的关注，而且还被中央电视台一群记者青睐，格外地多送我们一个当时很时髦的红色的小电子钟。记得记者朋友们还说我“很‘五四’，衣裙很清新”。

演讲前，我们居然不去背讲稿而跑到秦皇岛海边捡贝壳，众目睽睽之下我们从容回到会场参加比赛。赛后，许多人围着团中央书记要求合影，我俩则远远站着傻笑。中宣部的一位领导走过来主动与我们合影……

一页页，都是记忆里微笑的曾经。此刻，陈磊和凯菁挨着我坐，宛若从前！陈磊说起大学毕业参加工作的第一场演讲比赛，她跑回来找我辅导，结果又拿到全省第一名。我记不起毕业之后的赛事，但很开心。

凯菁依然一袭红裙，婀娜多姿。遥想当年，这小女子叱咤风云呢！学校少先队大队长的她似乎岁月不留痕地美丽、活泼和干练。席间，见我起身，她随即尾随着，贴心地拉开房门……

从上海赶到的学霸刘华，我是回到深圳才想起他当年的样子的。那位粤北医院的女医生以及回到母校做教师的学生妹妹，都依稀有旧日的模样……

现任校长钟东在列。（左5）

当年的团队干部、部分号手。

可贵：

“岁月的暖，漫过时间的河，我在时光斑驳处，聆听花开的声音。”

78 届 4 班的班长李俊斌说老师用“心”来教书，不仅仅是传授知识。他例举了那年那日我走进教室告诉大家周总理逝世的噩耗时泪水夺眶而出的情形。他说老师的真情，潜移默化地影响着我们。黄韶敏则再次提到我教唱《长征组歌》的情形，晚上大家在我的单身宿舍排练我毫无影像……她说，壮丽的歌词，终生难忘！

学生弟弟妹妹提及的许多往事，我都记不住了。而无论贫穷还是富贵，他们的心里充溢着简单的快乐的样子在我的眼前轻舞飞扬。

当年的语文课代表，92 届的张韶艳已经成为优秀的人民教师。

她是南粤优秀教师，南海市教学研究第一名；佛山地区教学观摩赛一等奖第二名……数年前，她谢绝了我推荐她到深圳第二高级中学工作的机会。她安心己任、沉静淡然的样子真真切切地感动我。

前天，她告诉我，这么多年，最可贵最值得写的是心灵：

“在瞬息万变，高速发展的大时代的背景之下，心灵的简单与丰盛；内心的成长与强大最可贵。”

她还说：“我觉得最难忘最可贵的是您给予我精神上的一种信仰。1. 关于‘真、善、美’的排序。崇真、求善、爱美。做人首先要真！要有真心，要讲真话。2. 关于‘锦上添花’与‘雪中送炭’两个成语。做人，少做锦上添花的事，多为他人雪中送炭。”

关于她，我的第三本书“蝴蝶梦”篇的《花儿静静开》有记录。

一个人的脸，就是一个人价值的外观。它不仅藏着你的生活，还藏着你正在追求的人生。（罗素）

感谢有你！我的学生弟弟妹妹。

版面原因，只能展示部分图片。

2019-11-27　21:55

从来都不用想起，却永远也不会忘记

2019年的最后一天，我们齐聚深圳洲际酒店。

我们在雨丝中靠近，诸多细节也许重拾也想不起。

江源学友说上世纪80年代初，他曾回粤北探望我；鬼灵精李惠则讲她到我家吃饭，过目难忘的不仅是我慈爱的双亲；更有那些别致的餐具——小小的汤碗汤匙以及风情万种的碟子茶杯。

几十年再见的学友，居然能够记得你那双皮鞋的颜色、那件旗袍的花纹和纽扣！

其实我等六人，毕业后聚少离多。最早是沛麟投笔从戎，然后江源转战华师大，李惠跳到珠海，素瑾移居广州，我落户深圳；只有秀娟从一而终在母校。

许许多多的美丽一闪而过，画面感最强的一幕是：

那年、那月、那日，我们一起被分配到我和秀娟的母校北中。几乎所有同学都记起我们在名师罗老的引领下，施施然走过摇摇晃晃的浮桥！我只记得自己从校门到校门拿的是一只古旧的小藤箱子。

那一天粤北的冬季雾霭深深，伴着丝丝凉风，突然间异常惆怅的我只想读书。

浓浓的失意席卷而至。

时光如水，一别经年。

在新旧交替的瞬间，一句话在我们的心头蹦出：

一众伙伴——

从来都不用想起，却永远也不会忘记！

2019-12-31　18:37

夕 照

那个傍晚，我来到花海边上。

一轮夕阳静谧地含笑于紫色氤氲中。

绿叶裹夹着粉紫色的天幕，情深深地雅致。

一瞬间，淡淡的光辉映照着我深深的惊喜。

原来，夕阳的美竟是如此斑斓、柔和。

绝无美人迟暮、英雄末路之伤悲。不仅仅是紫气东来笼罩着我的心，而是“长河落日圆”的慨然在耳边回响。

大约，心态决定景色。

人生中出现的一切，都无法拥有，只能经历。深知这一点的人，就会懂得：无所谓失去，只是经过而已；无所谓失败，只是经验而已。（了梵禅师）

是的，时间用它独有的刻薄方式令我们渐渐宽宏。

下午，我与学友微信聊天时发自肺腑地笑称：我们经历了许多，在其中成长。这一生，值得。

曾经，以朝阳自诩年轻气盛；又因它接近西山而恍然。此刻，却为能够直视夕照而欣然——那是一个跃起。麦家说过：“心有雷霆，面若静湖，这是生命的厚度；是沧桑堆积起来的。”

繁华落尽，与君老。

2020-04-17　20:50

桃花潭水深千尺

题记：一段长久的关系，靠的是人与人之间的本质的吸引，而非刻意营造出的表象。

早晨起来，看到朋友们的信，非常感动也不安。才知晓，她们为了昨晚的聚会，足足忙活了一天！她们只想告诉我，这次久别重逢，有多么开心！

感慨万千。

在时间的安排上，我怎及朋友们大情大义？

锦珍说因为兴奋，顾着说话，她和洁娴老师居然坐地铁坐反了方向。足足多坐了 12 个站。这几个好朋友在上午 11 点就出来了！但大家说，一点也不疲劳，太开心了。

素瑾说今天清晨 4 点醒来，眼前浮现聚会的一幕一幕……

我愧疚自己想午休，提议下午 4 点集中，不料广州酒家要 5 点才开门。我 4 点赶到时，朋友们早早地在楼下的咖啡厅等候了。而因为我的错误指引，卫国挚友也坐反方向转头打车过来。

饭前，我们隆重地全体合影、个别合照。

饭后，依依惜别，相约再见。

我在 19 点多离开羊城，21 点 55 分回到深圳。

这世界上，有一千种等待，最好的那一种叫做来日可期。（夏至未至）

后记：

疫情之后，我第一次离开深圳，前往禅城佛山送毕国恒老校长最后一程。

当晚应92届韶艳、华斌、宇峰等学生之邀聚会到深夜。

回深圳的当晚，参加了锦珍校友在穗领起的聚集。

2020-08-24　18:28

因为有你

今天是教师节。

我想起我的老师，也想起我的学生。

我深切地感恩成长的路上，师长们的殷切教诲，他们甚至不惜降低自己的身份来成就我、鼓舞我。

小学三年级时，关雪文老师在提问胆怯的羞答答的我之后，率性地擦掉小黑板上她预先写好的答案，写上我对课文大意的归纳。

老师无声的行动，给了一个羞涩的小女孩无穷的力量。

当我长大后成为老师的时候，可爱的学生们也给了我莫大的鞭策和鼓舞。无论工作力求完美抑或留下缺憾，学生们都不挑剔、不指责地依然爱我。

上午，在 86 届的一个班群里，我应学生们的招呼写下这么两行：

“我对你们特别怀有一份歉意。2016 年因故爽约，一直是我心中的痛，后会有期，后会有期！”

要知道这是他们毕业 30 年的一个大聚会，有些同学千里迢迢飞回来！

…………

同学们对我太好了！

总是宽容我，总是放大我的优点。

挂一漏万，诚惶诚恐！许许多多的学生一直给我支持和关爱。

感恩的人，一定很善良；而被善意包围的人，一定不敢懈怠！

昨晚，我郑重地打开87届学生古日新从杭州西湖快递过来的两大盒“南宋胡记”糕点，小心翼翼地端详了一个“白娘子饼”。轻轻地咬了一口，不好意思地笑了。

因为，我不得不收下这千里之外的真诚。我收下了这位业已毕业多年、早已是大学副教授的学生的礼物。并且，我还从来没有给他授过课。

凭什么？

是这份崇高的职业，让我终身受惠，永远前行。

教师节，该是我对师长说：

永远铭记您的恩情。

对我的学生弟弟妹妹们说：

与你们一起成长，很庆幸。

2020-09-10　17:29

碎碎的光芒

喜欢在庸常的生活里，捡拾花朵，看蓝天上白云飘过；喜欢“有许多细碎的事物，如太阳的光芒洒落其上”。

虽然，美丽有时在现实中的龌龊里黯然。

前天，我在购衣小店相中一件牛仔布剪裁的改良旗袍，卖衣服的小妹笑盈盈地解说因疫情而贱卖的它的秀丽绝对让人看不出只是这个价。

我接口：“衣品有价，人无价。高贵不在于金多。”

可爱的小妹怔了怔，大声叫道：“您是第一个这样回答我的，非常惊讶、非常佩服。”

她说多数人都会不自觉地认同这件旗袍看上去是大牌，绝对价格不菲。

买衣服看牌子是对质量的追求。不否认大牌衣物可以显示身份，但若不是真心欣赏，仅仅因价格而生出所谓欢喜，则不是我苟同的。

人的高贵并非因身外之物彰显，人也没有高低贵贱之分。

真正的高贵从不靠金钱去裁定。

小妹欣然，希望加我的微信。我说微信太满，请她在手机百度搜“雪明老师”的博客和微博。

小妹，向善、向暖的你，就是碎碎的光啊！

非常认同鲁迅先生的名言：“对人恭敬其实就是庄严你自己。”

在这个美丽的城的东西方向的两个小店的小妹不约而同地送给我一只咖啡杯，两只杯子又不约而同地烤上我的生活照，虽然这两张照片并非我最喜欢的，但年轻人的深情厚谊庄严着自己并感动了我。

琐屑的生活碎片，折射出的光，照耀着前路。

2020-11-16　07:24

何须星光

平和、睿智，值得我尊重的校长朋友们。

关于美，朱光潜认为，思想家和艺术家散布的几点星光，可以照亮“悠悠过去的漆黑天空”，也可以照亮未来。

大约，一般人看事物比较实用。比如萝卜，那是菜。而思想家会深入一些，辩证一些；艺术家则可以看到它的花，不仅是叶。

于我们而言，历尽千帆，归来仍是少年。

赞同这样的话：纷繁，可以杀掉幼稚，却不能误伤纯真。

2020年岁末，我发起了一个小聚会。旨在欢迎返回故乡办学几年，父母西去后再度归来的深圳中学原校长王占宝朋友。在这个久别重逢的晚宴上，我再次深深地希望所有人都像我尊重的朋友那样平和、睿智，每个人都像星星一样。

匆匆与这群美好的人里最年轻最有活力的万科梅沙书院院长王赫、最诗意最洒脱并才华横溢的南京汉开书院院长王占宝、最谦和最可亲可敬的深圳市教育局赵立副局长合影了。

我对慈眉善目的占宝校长朋友说：这一生能做教师，是我最大的幸运，如果出新书，将以学生为主题主体。他颔首赞同。

合影和用餐时都亲切地坚持在我身旁、像弟弟一样的赵立副局长，给予我莫大的力量。

小王院长的浪漫与磅礴，是我难以学到的。她是深圳乃至全国教育界最年轻的风云人物。

“涉江而过，芙蓉千朵。”

云端里，

诗也简单，心也简单。

未能到会的郭刚、芳胜、国亮、学涛等校长朋友不无遗憾地说：再相逢。

2020-12-31　16:58

致敬，爱情

写下这个文题，送给一名可爱的女孩。

我没有见过她，只是在一个叫“意林杂志”的博客里读到她。因为一只又瘦又丑的流浪狗，她离开了那个看起来很爱她的男友。

准确地说，发生在狗狗身上的一系列事情，让她幡然梦醒“自己不过是他爱情里的一只流浪狗。哪天不爱了，会像小狗的前主人一样毫不犹疑地抛弃她”。

我看的角度不一样。

与其说女孩儿救了这只流浪狗，不如说是狗狗让其明白身边这个伴侣的狭隘；而狭隘，是很难不特别自私自利的。一个人，尤其一个男人，更可贵的是胸襟。

自私、狭隘的人或许也会有真爱。即使这个小男人一千个不允许女友将狗狗领回家，但为了制止她带着小狗另外租屋，不得不让步。其实女孩儿已经在外头买狗粮喂养这只掉了几块毛的流浪狗半个月余了，如果不是有狠心者追着瘦弱的它满街跑，她大约下不了决心将它领回来，并写了保证书……她一直迁就怕“狗毛”的男友。

终于，该发生的还是发生了。

怨恨小狗耽误女友买菜做饭的他寻机用脚踢这只被他勒令只能住阳台的它，将放在它面前的狗粮倒掉。受到袭击的小狗忍无可忍也把他的短裤叼到阳台上，向他扑过去……虽然并未伤及其一根毫毛，但怕死的他还是到医院作了全面检查，以打消“细菌”上身的念头的同时诅咒狗狗被毒死、被车撞死。

不必往下看，他的浅薄、冷血已经入木三分了。

最终，他举起小狗狗欲往下摔的一刻，女孩赶到了！她流泪了，静静地提出分手。

她忽然觉得自己是他养在这栋花园别墅的一只流浪狗。她接受着他的照顾，想换工作，但遭其阻拦。理由是：女孩儿在环境单纯的公司好。她就一直守着那份只有1500元的文员工作；想报考研究生，也被他劝退了！

这则小故事，一直在我的眼前浮现。

我很喜欢善良、恬静温存的女孩儿，她不是女汉子；但她并不笨。她之前失去自由的“听话”首先在于她的善良：

她感激他照顾她，让她有美丽的居所。她以为这就是爱。

爱，到底是什么呢？

村上春树的这句脍炙人口的话，可以作出解释吗？

“如果我爱你，而你正巧爱我，你头发乱了的时候，我会笑笑地替你拨一拨，然后，手还留恋地在你头发上多呆几秒。但是如果我爱你，而你不巧地不爱我，你头发乱了，我只会轻轻地告诉你，你头发乱了喔！”

我认为此话朴实无华却无可替代地阐述了爱情的样子：

爱情，是两情相悦的；更是自然而然地有所为而有所不为的。

也有人这么说：

这是最纯粹的爱情观。如若相爱，便深爱；如若错过，则护其安好。

我喜欢爱情纯粹、没有太多的附加值。

两个人共同眺望远方。

浅薄喜欢浅薄，大情大义喜欢山高水长。

你是谁，便遇见谁。

2021-01-11　18:57

苦与乐，都可奉酒

我不喝酒，然喜欢与师长朋友们举杯共饮的情怀。

没有岁月可回头——

杯盏之间，人生就这样穿越纷繁后又重归简约，还原成一种朴素又高级的纯粹。

喜欢安静的我，因谢绝学生妹妹李敏的一次“跨国邀约”后再不轻言谢绝！

那时我刚来深圳，记不清她托谁告知我某日中午在“海港酒楼”吃饭。我没多想，照例感激地谢绝宴请。后来方知她从日本国归来，是特地从广州到深圳来见我的。

我内疚了好久。

此后，我每每应约而至，也会适时地坚持回请我视作朋友的人们。吃什么倒不是最在意的，关注的是环境。对于朋友的邀约，在礼节上心怀感恩不挑剔。

恰恰，昨日，李敏从日本打来电话，她说维佳在新西兰转告她，我将举杯等待她俩回来。她好开心！滔滔不绝说了许多许多历历在目的往事。

两年前，与她的同学们相聚在一个月色明媚的深秋之夜。记得她当日从东瀛飞返，而伟明则从大连驾到——算好了时间，几个同学相约在深南路的一家酒楼与我不见不散。

这种天涯海角也飞到一起的久别重逢当然不可能谢绝，而同城或不同城的约聚，除非特殊原因，我同样没有缺席。

刻骨铭心的聚合更在苦难时。

那一年寒冬，父亲猝然长辞，我悲痛欲绝。大年初二一早，安莉朋友丢下家人，带着糖果等礼品前来探望陪伴我。她的到来如春风化雨。我们一起顺步到博林圣海伦酒店中餐厅的一隅，寻桌而坐，以茶代酒、和泪痛饮，悲伤的感情得以一泻千里。

真朋友可以锦上添花，更可以雪中送炭。

小芳、韶艳、洋姣、小戈、洪浪、志勇、文华、海鹰、竹雅、步玲、伟明、志峰、丽荣、洁文、渝蓉、献华、锡珍、月芳、燕芬等学生弟弟妹妹在我需要的时候，像花儿一样在我的眼前开放。

人生的旅途，大约都是起起伏伏，感恩生命的每一刻都如此美丽。

那一年，我说想去大鹏海边，大家就挤坐着志勇的吉普车，浩浩荡荡向前；没有关外开车经历的步玲，曾经勇敢地飞驰而至我短时间栖身的万科第五园，我兴高采烈地坐上她的小汽车到前方的丹桂轩品茗。

温柔地举杯、美丽地欢笑。

原来，所有的平凡都可以伟大，所有的苟且都真的开了花。

2021-02-10　17:04

迟日江山丽

依山而建的母校校园，那年那月那日给我最深的规划印象是：

横轴线的校园主入口的大门的牌匾，巧妙地采用志锐时期北中人文的一些元素符号，非常高洁。外形酷似中山大学北门的民国渊源的造势。

而这个中轴线上的最高点是北江书院（校史馆），它与百年文化的文昌塔相辉映，可以是一种风骨的象征。

当时我们还提出是否可以扩大书院的功能。

其次，我们赞同丹霞红的色系。它有亮度且耐新，在青山里非常凸显，并且颜色的名称就有地域标志。

再有，新旧处置以及整体把握合理。设计有全局有呼应有灵魂。

以上，是 2019 年 12 月 15 日，我受母校广东北江中学现任校长钟东的委托，与刘锐强（华南理工大学建筑系毕业）、骆洋姣（复旦大学双学位学霸）、周晓云（暨南大学外语系毕业）3 名学生代表到 89 届校友曾建国（深圳市建筑设计研究总院有限公司大数据中心院院长）的办公大楼观看了母校的蓝图设计之后留下的深刻印象。

3 名学生代表都学有专长，其中，目前从事广告业的周晓云的文字能力特别强。记得 94 届学生毕业 20 周年的庆典，特制运动衣上“一别天地宽、再见岁月长”的标识就是她的创意。我也记得中午离

开设计院时，让她负责修饰蓝图解说词。刘锐强则提出顶层窗口的透视美化问题。我们也因此建议建筑群注入一些“望星空”的浪漫的亭台楼阁。

之后，我们满怀期待。

年前，曾院长与我联系两次，希望与我们几人聚会。谁也想不到，大年初九，曾建国校友因心梗永远合上了他的睿智的双眼。

昨天，赶在3月里最末的一天，我们一行5人（我通过钟校长找到曾建国生前的一位很年轻的同事，总院建筑设计师李忠慧）如约聚合。

忠慧设计师简介了方案的一波三折的曲折，这一刻，我和大家才知晓：

蓝图，我们心中的梦想！与现实相距还甚远。

我想起那天离开时，建国校友坚持送给我两本《北江中学方案对比》。我推辞了一下的很朴实的想法是：这两本“整体半鸟瞰图”以及“内部空间透视图”（方案1、2）太精美了，不要浪费在我这个非专业的人手上。

我深深地懊悔！

建国学生弟弟，你希冀我这个没有教过你的你敬重的老师去为此写些什么吗？忠慧告诉我，曾院长曾与他谈起过我，他也在他的办公桌上看到过我的蓝色封面的有雪花的书。

我居然什么都没有写。

我只是迅速地把简要记录传给钟校长了。当时甚至一直以来我都认为自己对这事很重视、很认真了。

我不知个中的艰难。

要坚持一个面对未来的理想，就要有承担这个蓝图的勇魄和气度。

深圳校友会以及广州校友会的建筑设计师们都为此深情地付出了汗水和智慧。从忠慧那里，我们获知，曾建国校友生前是业界中享誉华南的佼佼者。他曾多次为母校的蓝图往返粤北，我们对此深表敬意！

3 名聪慧可爱的学生弟弟妹妹一致认为：重在过程。

我们围绕蓝图与现实的差距，进行了切磋和憧憬。

将近两个小时的交流，充满着对母校的情和爱。

我们 3 月的承诺，也是尊重曾院长的遗愿。

日前，我的孩子利用回粤北办事的空隙，深夜进入校园参观浏览。作为校友，他提出的问题引起我的共鸣：

好好珍惜读书需要的绿树丰盈的空间，尽量留白。

深切记得 1996 年我调往深圳第一站时的彷徨：

校园几乎没有大树，我甚至因而萌生了撤退的念头。

北中人必定锲而不舍，建设我们心中的蓝图。

未来可期！虽然路漫漫。

因多种客观原因，蓝图与现实有较大差异。为此殚精竭虑的钟校长告知我，还有二期工程。

我们期待二期工程可以靠近理想。

2021-04-01　16:14

故人告诉我……

读中学时，陆游就给我很深印象了。

那是他的咏梅词。

他笔下的梅花在断桥边、在黄昏里落寞、忧伤，而有一个伟人“反其道而用之”地写词。

如今，也有人公开谴责他写钗头凤，害了前妻唐婉。

我不这样看。无论传闻是否真实，我都觉得他并不“渣”，反倒是一枚忧伤的梅花。

他离开唐婉，是出于母亲的压力。我们不能以今人的眼力去看古人的孝道。陆游就算绕得过那个时代，也不忍心让母亲悲哀。据说唐婉不能生育，还有说陆游沉湎于温柔之乡，影响了读书做官的前程云云。

不得不休妻，沈园相逢，不由自主地给她写诗，正是“向来缘浅，奈何情深”！而且他不止一次前往沈园。甚至在自己辞世前一年，80多岁时，依然去。

至于他有妻有妾，不过是为了孝道罢了吧？

唐婉死后的60年里依然被陆游深挚无告、令人垂泪地悼念着。

他至情至爱的唐婉去了，其他的都是将就。

陆游、唐婉、赵士程告诉我们什么呢：

爱，不一定是拥有。（陆游）

不得不爱时，要放手。毕竟，活着，才能给爱自己的人以快乐；而快乐地活着，更是给爱自己的人以力量。（唐婉）

自己爱的人心有所属时，得到了并不拥有。（赵士程）

又及：

我喜欢看短小精悍的文，也许因为懒；我也喜欢写尽量精炼的小文章，不浪费他人时间也不耗费自己体力。

关于唐婉，有人说，要怪陆游！他既然休妻了，就不要再写什么红酥手之类惹得唐婉伤心逝去。否则人家与赵士程好好的。

“好好的”，怎会看见《钗头凤》就郁郁寡欢以致一病不起呢？哪来的“好好的”呀？

我记得伟明学生弟弟把有关视频发给我，我就想：

幽默的导游在沈园的评说，大约会深得人心了。是呀，唐婉实在应该珍惜赵士程，你怀念那个“渣男”落得个如此下场嘛！说得轻巧。不过是现代人看故人罢了。

2021-04-12　17:02

书为媒

我喜欢你，芭蕉树！

远近大不同的两位未曾谋面的朋友与我一见如故，是因为文学。

“海阔天空”朋友昨天发信告知我，她前后买了我的三本书，很喜欢。她说“永远做您的忠粉”。

我这才想起确实有这么一位谦虚的邻居朋友，几年前在一个我曾经在的社区群加了我的微信。去年她还说要送我一枚胸针，碍于疫情等原因，我一直没有告知她具体地址。

人如其名呢！我刚刚知道她叫“美菊”，刚刚知道她姓杨，刚刚知道她是一名会计师。

她的可亲可敬可爱鼓舞着我，也让我照见了自己傻傻的轻慢。

另一位是远在唐山的赵骥编辑，心性清高、思维敏捷、语言清丽的她用“美、真、纯、暖”来评价我的第3本小文集《我像雪花天上来》。

那一年那一日，赵编辑从我的一篇小短文读出我的忧伤，随即诚恳地与我交流，鼓励我勇敢坚强。此后，她一直给我撑伞。

人生，有这样的萍水相逢却倾心以待的朋友，夫复何求？

未曾谋面却已相知的朋友，感谢有你！

也一并感谢网上网下给我许多鼓励关爱的朋友。

买我的书当是最高的礼仪，是“懂”。

茫茫人海，满眼过客。能够停留下来凝视自己并伸以援手的朋友，是为财富。沧海桑田，我们都不会走失。

2021-04-24　16:04

水晶心

Crystal

纯真的情怀就像明澈的水晶，风情万种地释放着它的静好。

缄默，常常是一种涵养

英国王储查尔斯王子倾尽30年“衣带渐宽终不悔，为伊消得人憔悴”的努力建造了科技发达、环保低碳同时不失秀美的海格洛夫庄园——让我对这个颇多争议的外国人有了些许理解和同情。

抛开繁华，默默地善待自然，在泥泞的田野中的那份淡然、怡然，让我想起：

笑而不语，是一种豁达；痛而不言，是一种修养。

过往不恋，未来不迎，当下不负——如此把生活过成自己想要的样子！真不是我们每个人都能做到的。

谈到查尔斯王子，恐怕没人能忘记他和戴安娜王妃的童话般的婚礼；也无人能料到王子公主最后却曲终人散！兜兜转转，时光匆匆——它给予我诸多感慨：婚姻的变数或终结，个中错综复杂、难分对错。

很多人和事，是需要时间来考证的。

了梵禅师说：“不要急着让生活给予你所有的答案。”

古往今来，“爱江山又爱美人”或只择其一者大有人在矣！我却深切记得那年戴安娜香消玉殒后，全世界的聚光灯都指向愁云满面的查尔斯王子，他什么也没说。他又能说什么呢？他需要说吗？

江山、美人与他擦肩而过。那些年，他居然就娶了人人咬牙切齿的卡米拉——这是需要勇魄的。

世事皆有可能啊！

无论海格洛夫庄园和卡米拉是不是风马牛不相及的两件事，我都无心去研究我并不留意的卡米拉。但据此，我看到一个人的坚持和无畏。

2017-02-26　08:47

愿此生如莲

莲心，是不是最美呢？

莲，玉立、清静；不媚不骄。

我也爱莲，更希冀人生如莲！

只是，人生没有完满。

日子，明明想过成“诗”却成了“歌”——时而不靠谱，时而不着调。即便如莲的人生，并非就一帆风顺。只是，风中雨里亭亭玉立、素洁的莲更楚楚动人了。

我的挚友恰似一枝莲！

那些个老、少“小三”胡觑她本人，也胡觑她家里曼妙的照片墙上的美图以及小花儿、小兔子和小娃娃……恨不得立马就成为她！也许，正是西湖边上戴着素洁花环、风吹裙飞的倩影让入侵者东施效颦地攫取花篮里她最心仪的淡紫色的绝品花环。

想要成为她?

东施永远是东施。

更不要说像莲了。

很多年前，还在粤北的我来深圳的弟弟家作客。恰巧那天我的铁塔斯的四方小金表坏了，而二弟媳娘家桌子上就有几个时尚的形状美丽的电子表。说我不喜欢它们是假的，但我没告诉弟弟弟媳我的手表坏了。很简单，我是姐姐、也是客人、更是教师——见物起心、主动索取就没有尊严了。同样，在大弟家的客房的五斗衣柜上，也有一枚当时罕见的花儿形状的戒指。我住了几天动都没动它。

此后好几年，讲起这一切，弟弟、弟媳们说：

“姐姐真傻！喜欢就拿去啊，家里人呢。”

我笑了。

美，不是说拿走就拿得走的呀。

2017-05-08　10:38

女人，明智应如林徽因

大约，从懵懂的青年时期开始，我就认定择偶最简略的标准是：男人要稳重，女人应善良。

不久前，我在新浪网写评论：林徽因明智选择了梁思成是她人生成功的第一步。我记不清原话有多长、记不清具体怎么展开，总之得到许多网友的认同。

当年，已有妻儿的风华绝代的徐志摩（下称“徐”）在异国他乡邂逅了纯情少女林徽因（下称“林”）并一见钟情，两人感情迅速升温。但当林知道徐的真实情况后，痛苦地舍弃了徐的苦苦追求，选择了敦厚的梁思成。

应该说，如果徐没有妻儿，林不会另择佳偶。因为他们感情在先。但是，即使徐没有婚姻的羁绊，他们就幸福吗？

都知道沈从文（下称“沈”）对张兆和（下称“张”）穷追不舍了，但婚后，沈居然也出轨了！当然，沈张二人的婚姻坚如磐石。

撇开人品，从人性的角度看，“出轨”也许算不上“十恶不赦”：因为人的一生，基本不可能只会爱一个人，只是“发乎情”“止乎礼”罢了。于诚实和勇于担当而言，那种偷鸡摸狗的苟且是不屑的，即使有“真爱”也不会遮遮掩掩。

徐志摩直言不爱张幼仪，毫不犹疑休妻，说他“磊落”有点不贴切；但说“诚实”还是可以的。徐为“真爱”也是豁出去了。

只可惜，“真爱”的那头没有给他以温暖的回应。

林断然拒绝了徐的爱，明智在哪里呢？

不会因“夺人之爱”而成为众矢之的——人们的第一反应也许是这样。而我认为，林作出这样的决定与她的身世经历有关。她小时候就深切感受母亲的悲苦。她的父亲有妻有妾。这样的生活不会让大家有平起平坐的尊严。所幸她的父亲很宠爱聪慧、乖巧的林徽因。

个人的经历让林对复杂的爱却而止步，同时，对于接受西方教育的她而言，爱的张力还在于爱首先要有自由和尊严吧？而选择与自己有共同的工作意愿和理想的沉稳的梁思成，注定一生不会寂寞、不会有风险。用我们今天的视觉分析：梁思成家风清正、他本人的性情稳重，即使外界诱惑再多，也难攻其城。

事实上，他真的是当之无愧的好丈夫。当林告知他同时爱上对自己一往情深的金岳霖时，梁思成坦诚大度地让林自己选择爱；更难能可贵的是：徐志摩因要赶往北京聆听林徽因的演讲，匆匆搭乘的邮政专机失事后，梁思成专程飞到出事地点拾获飞机残片，交给痛苦万分的林，林将它挂到床头上！此例子足以说明梁思成是一个真心呵护妻子的顶天立地的大丈夫。

林徽因安宁的生活可以说和她的优秀有关，更可以说是梁思成的宽厚和真爱而为。是梁思成的高尚的品质和稳重的性格给予了林徽因一生的幸福。

谁敢说沈从文不爱张兆和？谁又敢说徐志摩不是终生爱着林徽因？但有谁真正敢笃定沈从文和徐志摩也具备了梁思成的可贵的实诚和无华呢？

毋庸置疑，扎实的性格更靠谱。

我们常常看到：一个不自知又不自谦的冲动者，三杯酒下肚云里雾里不知深浅地说浮夸的话、做出格的事都不是不可能的。当然，性格也隶属于品质。一个高尚者即使有冲动的天赋，也因底线的约束而约束。

所以，择偶，无论男女，首要的条件是具备善良、诚实以及勇于担当的品格。

后记：

梁思成在林徽因过世之后再娶，则是后话。

2017-05-21　17:23

那些美，一直在

偶知电视连续剧《欢乐颂》的点击率居然超越了苍茫的《白鹿原》，于是寡闻的我追看了浙江台业已开播的此剧。发觉它确实很“潮”，确实“星”光璀璨。我特别喜欢由乔欣饰演的关雎尔（关关）。她的温文美丽表现在她和男朋友谢童首次聚会时，她静悄悄地抢先买单这个细节上。我喜欢她的善良，喜欢她的谦虚，喜欢她的不喧嚣。

相比眼下那些伸手物欲，给自己叫价的人而言，关关，你太给力了！

想起一句话：

理想如晨星，我们永不能触到；但是我们可以像航海者一样，借星光的位置而航行——

我喜欢它的诗意、喜欢它坚毅地朝着理想的方向前行，永不偏离航向。

这是何等的美！

单纯、守静、向光。

不由忆起青年时期，我感激送给我“午餐肉”的男朋友，于是坚持请他吃午饭，用我的餐票。不愿负人，心才安稳。

我也深切记得几年前，我的《幸福要义》里谈过田朴珺所说——

她说和王石是“心灵伴侣”，两人的情感禁区就是不依靠恋人的关系做交易；自己也常回请王石吃饭，有独立的钱包等等。

那一刻，我对这个张扬的女汉子有一点同情和理解。

人和人的情感如果要用钱来平衡，甚至以不仁不义的物欲来缓冲，还会单纯吗？不由又想起我的温婉美丽的朋友——那些个入侵者偷窥并进而攫夺她的可爱的珍宝，怎么能和“爱”沾上边？卑下永远与圣洁无缘。

放眼望，大千世界，那些心心念念的美……

2017-06-04　06:41

月亮在心里

等待月亮出来。

林清玄这么说过，能感受山的美的人，不一定住在山中；能感受到水的媚的人，不一定住在水旁。

只要心中有山有水就够了。

是啊，中秋的月亮特别的皎洁可爱，我不能像嫦娥起舞弄清影地直奔月宫；但诗意永远在心中。

一个人在沉默中练就心静如水，在纷扰里才会安然无恙。（了梵禅师）

而一个人不在于要活得像一支队伍才有诗意，一个人只要活得像一个人就行了。有尊严，有追求，有梦想。

树长不语，雪落无声。

默默地生长，默默地始于洁白而终于洁白。

2017-10-04　16:04

佛　心

题记：为了爱我的人，释怀。

爸爸去世一周年忌日的前一天的清晨，我来到巴伐利亚庄园里的宁静的福源寺。鞠躬后抬头赫然见到“求签”两字，欣然前行而偶遇一慈眉善目的僧人，他温和地给我三炷香。我心无芥蒂地恭敬回他：

“师傅，为了环保，我只要一支香好吗？”

师傅微笑地颔首指导我摇动那筒签。我照着做并慢慢抽出一支冒头的签。他接过一看喜笑颜开道：

“你抽中了第一签！”

我问第一签何以解释。师傅说，一百之中的第一签是“有求必应”的“观音降笔”！几年都没有人抽中了。他寻找到经书诠释的那一页时，淡然的我也不禁心花怒放了。

我不懂佛教，但我知道佛心当是教人向善求真。因而，面对庄严的庙宇楼堂，心生敬仰。我深信，形式不拘而精诚所至，将感天动地。

我居住的小区，有人三天两头烧香拜佛，那些焚烧的纸钱破坏着我们的蓝天白云。如是，远非积善反而是行恶了！所做的与祈愿相悖。没有一颗佛心，顶礼膜拜又如何？

这尘世，善良比聪明更难。

聪明是一种天赋，而善良是一种选择。

佛教的观念认为：善业感善果，恶业感恶果。我们决不作恶，也不贪婪。但是善行有时不一定被善待，比如江歌遇害案。我很欣赏94届学生妹妹骆洋姣发给我的这一段话：

“我最近在看一本书《宽恕》，明白了一个道理：永远不认可，那是尊严和底线；学着放下，那是爱自己；只有爱自己才是爱那些爱我们的人。”

是的。不认可，是立场；而放下，并非妥协，只是一种漠视。释怀才能保护自己——为了爱我的人而舒心地活着。

我的亲爱的善良的双亲已经在星星那头了。我至今还穿着妈妈买给我的全棉的长袖内衣，时隔20年，衣服很旧但依然暖和、贴心。那时我还在粤北工作，爸妈在深圳给我们捎来许多衣物。我常常感念父母深恩，也像父母一样，爱孩子超过自己。遥望夜空中闪烁的星辰，思念爸妈，心中升腾起一股巨大的力量——

无所畏惧，心平气和。

2017-12-05　11:24

君子世无双

向往。

题记：一个由头而寥寥数笔，写给那些纯粹的人。

陈道明在冯小刚的家宴上发飙的事，让我们进而了解了这个“陌上人如玉”的男人的傲骨。当然，“哥们”冯小刚也并没有就怎么的油腻。我同意这种意见：他并非对晚辈颐指气使，他“其实更像一位急于献宝，炫耀孩子的长辈”。

总之，坊间对陈道明的传说早已铺天盖地。他的特立独行表现出一种不被岁月浸染的率真。

恰巧，新年头几天，竹子主任（深圳名师郭玉竹）真诚邀约我一道喝茶。我见到了老朋友赵立副局长以及新朋友深圳中学新任掌门人朱华伟教授。他的低调和率性让我有一种“老同事”的亲切。以学术见长的广州教育科学研究所原所长的朱校长莅临许多名校指导过奥数，他告诉我十多年前就去过我的学校，当时曾和严教授在一个工作室。席间，大家还谈到王铮校长的孤高和执着。竹子主任笑谈自己与王铮校长“犟”的细节。

吵归吵，君子往往是和而不同的。谦和敦厚的赵副局长说，可贵的是王校长还关心那位冲动的和自己“干仗”的刘老师，帮他的女儿在京城求学乃至求职。朱校长由衷赞赏作为校长必备的这种器量，这种胸襟；他感叹若干年来学校里其他副校长为王铮校长和王占宝校长而通力合作的友善。

我很幸运，求学和工作都遇到许多高贵的校长以及老师，他们是我一生的良师益友。我的三本小文集，留有点点滴滴的铭记。

欣赏陈道明，欣赏我身边的用时间修炼出来的始终葆有知识分子清高气质的朋友。

2018-02-23　20:01

好的人生，不生气

我的小布娃娃。

题记：匆匆写给元宵节，愿千家万户——灯火璀璨、幸福绵长。

生活或许会让我们无计可施，而人也不完全是没有办法改变那种令人沮丧的状况的，是吗？

以上这句话，是我在某著名作家的一篇文章——《毁灭一个文艺女青年，那就是生娃、带娃、养娃》的留言。此文活灵活现地写尽作为女人的悲哀，其感染力和冲击力似乎难以抵御。

诚然，我们谁能不食人间烟火呢？

去年 11 月，我和惜别多年的秋香等老师在广州校友会成立大会上重逢。温婉而才气逼人的她见到我就由衷地说我如何善良，如何美丽，如何在傍晚拉着孩子去安慰忙得焦头烂额的她。我记不清这些，甚至记不起她的先生当时在外地攻读研究生；只记得他们这批年轻于我几岁的教师，后来几乎全数离开粤北回省城了。

秋香给我许多溢美之词，还说：“我一直知道，你是最幸福的人。”

秋香啊！你何尝不是最幸福的人呢？

因为，在我看来，好的人生，不生气。诚如朱德庸所说，每个人都会在各种问题中度过自己的一生，直到离开这个世界。难道不是这样吗？鲁豫也认为每个人其实都有一堆麻烦，而我们看到的这个人如何光鲜、如何让人钦羡的外表下到底有什么样的故事呢？有时，我们看到的常常却不是自己想到的。

大约，困难的生活和工作都不足以让人灰心；更不会让人生气。即使在对的时间遇到错的人，也不值得生气；即使自己心爱的东西被入侵者顺手牵羊“拿”走了，也不自认倒霉。我想，能够被贼惦记的人，一定有强大的气场——许多年前，我写过如秋香那样温婉可人、并圆中有方的挚友紫仪。

东施，永远是东施。模仿不了。即使穿了西施的衣服，戴了她的花环和帽子。

如此，安好。

2018-03-02　16:03

世界很大，我很小

突然发觉自己那几条齐膝长的短裙子别有风韵。

头发和裙子有可以类比的：

长发婀娜，短发清纯。

似乎我是比较追随长发和长裙的。印象中两次心血来潮地剪短长发后，我都似乎要病一场那样伤感。

不由想起当年设计学生鼓号队服装时，我选择了自己喜欢的纯白色。深刻记得女生的裙子是长过膝盖的。想来，如果齐膝长抑或再短一些，会不会更符合少女的天真可爱呢？否则是不是过于老气横秋了？

如此，是在我自己穿上短裙后反思的。

我的这个执念，现在来看，确实如同夏虫、井蛙、凡夫一般不可语冰、语海与语道那样。

自己见识少，应该广泛征求意见，甚至好好学习，才有定夺权。

只可惜，我听到的赞美声多了，就有点自作主张了。

“真正的自信，是随时低头。那不是卑微，那才是真正的成熟”。

是呀！生长中的小麦往往趾高气扬；唯有长大成熟之后，它才会沉甸甸地谦恭地低下头来。

2018-06-19　19:18

戏如人生

题记：古往今来，人的格局、秉性以及结局，如出一辙。

之前，我以为《甄嬛传》这种宫斗戏没意思；不料看了两三集后，我便陷进去了。

剧中人物沈眉庄是我喜欢的类型。

题目，显然不是以沈君为主，甄氏才有大戏。

甄嬛也确了得！一开局就让我等不由不服。她在竞选入宫伊始，就拔刀相助般豪气地将自己的耳环摘下来送给出身清苦、被人欺负、畏畏缩缩的安陵容，还机智地摘了一朵海棠花插到其发髻上。正是这朵花在关键时刻引来彩蝶，峰回路转得见“生机”。她的率性、机警足以与各种乖张、阴险与恶毒抗衡。

夏氏的张狂很快被一手遮天、心狠手辣的华妃碾压。

余答应依靠不诚实的机巧而一时间博得皇帝恩宠，但她的鄙陋难成器。

安陵容虽然性本善，然目光短视、举止失态、器量不足，最终与余答应殊途同归！

我还是喜欢沈君——腹有诗书、善良温和、不偏不倚。简单的她在谋略上略逊甄嬛吧？比如她初见皇后的一句话就让华妃嫉恨了。但甄嬛马上接口……如此，华妃的淫威发作不得。

风云密集的深宫里，谋略至少可以自保吧？

尽管如此，我还是喜欢做唯美的沈氏。

补记：

校对书稿时，阅读到自己对宫斗片的漠然以及不经意被《甄嬛传》所吸引的某些描述。不由想道：喜欢安静喜欢简单的我，假如生活在那个古老的时代，我会是最先被害死的人吗？

面对阴暗郁闷，倘若没有大无畏的英雄主义、卓尔不凡的情商智商，怎么立足又怎么游刃自如？

2018-07-21　16:01

生命的意义

生命的意义是由自己活出来而非终日冥想而成的，胡适先生大约这么说过。

今天看到的两个例子，正好诠释了它。

6 岁生病、8 岁瘫痪的张俊莉，30 多年来躺在床上坚强作画。她说想成为一名真正的画家。

我满心佩服。

她的动作虽然艰难笨拙，灵魂却散发出芳香。

第二个例子则被誉为“爱情最美的样子”：

一名 57 岁的男人背着渐冻人的妻子爬黄山。

5 年来，为了不让病妻留遗憾，这位坚毅的丈夫背着孱弱的妻子，四处旅游。“寻千百度 6325”网友认为这未必是爱情——但能够这样，他必定是善良的有担当的。

我同意。

一个人，善良且有担当，足够值得爱了！

如果说，爱情犹如电光石火般绚丽而短暂；那么几十年后留存的就是亲情了。记得有位 90 多岁的老翁，余生一直用诗画来怀念亡妻。这里面，谁能说得清是亲情还是爱情呢？

善良而有担当的男人，爱不爱，都会对你好、不会亏待你；自私者，即使有“爱”，也凉薄。因为，他爱自己必然多一点。

人，是向死而生的。终究终结的生命更在乎——是否真正活过。

灵魂飘香者，即使肢体残缺，依然光彩夺目；而善良与大情大义，永远让我们心生敬意。

2018-07-28　21:13

爱的平方

题记：风雨中我仰望她高贵的身影。

此刻，窗外有风又有雨；而我却分明看见了白云在蓝天里歌唱。

我想到了三毛所向往的“树”。黑龙江省大庆市的赵瑛杰老师就是一棵树，挺立在我们的面前；彰显着师者之风范。

关于她，我是在人民网微博里看到其转载的央视新闻的秒拍视频才知晓的。

深深敬重。

赵老师 6 岁的女儿在练舞时，由于人为的原因受伤瘫痪。网友们在得知赵瑛杰准备卖掉房子抢救孩子的消息后，短短 12 小时，捐助了 60 万元。而赵老师认为：

不到万不得已不轻易动用善款……所有的善意和爱心都只应该被珍视而永远都不要被辜负。

在困厄面前，赵老师以其坚实的脊梁给爱一个高贵的回报！

向美德致敬。

大情大义的捐赠者们最欣慰的是目睹受助人将捐款用到最需要的地方。

而收到大笔捐款的赵老师应急之后，却把捐款全额返还捐赠人，则不是一般人能做到的。她说这是当初自己承诺孩子康复有望并维权成功而实施的爱的回复。

有人说：

“这比慷慨捐助者更需要勇气”，这是非常崇高的道德修为。

赵老师给我们的社会竖起了一面旗帜。

在人生的旅途中，“遇到困难不低头，面对捐助不依赖”的高洁、坚毅鼓舞着我们并对施爱者予以爱；她不仅没有辜负社会，反而让“爱”加倍放大发光。捐助者会更主动积极地尽自己的微薄之力去帮助需要帮助的人，他们感动地说赵老师让我们更加相信这个世界的美丽。

心存善念，便会途遇天使！

2018-09-16　17:03

那时明月

“曾照彩云归”的明月又要升起来了。

在万众仰望它款款出场的倩影之际，过往的美丽，掠过眼前。

小时候的中秋佳节，只记得月饼，尤其是那个“猪笼饼”：

小小的长长的月饼被细细的竹条编成的小猪笼子装着。飞雪春花几十年，居然历久弥新、犹在眼前。听说此“非凡之作”在内地近乎销声匿迹，唯有弹丸之地的香港还存之芳踪。此乃广府人之杰作的缘故吧？与其说喜欢过中秋，不如说喜欢那个构图别致的小猪笼了！即便里头的饼吃完了，笼子却还紧紧地抱在怀里哦。

上中学那年，深切记得月光如水的那个夜晚，我们集合在操场上，每人分得一个如月亮一样圆的月饼，外加一杯煮熟的盐水花生。同学们欢呼雀跃，欢乐的情景让我忘却了节日里未能和爸妈团聚的一丝惆怅。

月亮升起来了。

那是我第一次深情地仰望月光里倾泻而下的一股清流，汩汩地沁入心田、开出花来。

书越读越多时，知道了美丽的嫦娥的百般寂寥；知道她“应悔偷灵药”而“碧海青天夜夜心”！望着被星星围绕着的月亮，我看到了天宫里的桂花树；看到了吴刚；看到了长袖当空、起舞弄清影的嫦娥。

我向往着纯美岁月里的星月情缘。

闪闪的星星和皎洁的月亮珠联璧合、相辉相映。

后来的后来，深谙万家团圆的岁月静好里，数不清的无名英雄在忘我奋行、流血流汗……

2018-09-23　16:13

吃亏是福

早晨，快递哥来敲门。

收回我退返“宜和购物”的东西。

这是我第一次售后退货。

我歉疚地对快递哥说：

“那天打开盒子，看到那枚粉紫色的吊坠，我就失望了。但我怕退货而让送货人徒劳，就勉强付款收下了。”

收回货物已经走到电梯间的快递哥微笑着告诉我：

客户付款了，即使再收回，他都没徒劳。

他走后，我想：即使快递哥没有损失，但商家还是损失了。至少要付快递费。

负人，是不舒服的！

不由想起20年前买家具的事：记不清售货员小妹何故取消了某项优惠，后来我们说服她了。而小妹黯然失落的样子让我一点儿也高兴不起来。

双赢才是圆满的。

利不可占尽。在高铁上坐“霸王位”的人，大约也就是想占便宜吧？

占着好位子，当他人持票来论理时，只当什么都没听见，甚至强词夺理。

且不去批评“霸王”们不守规则，也不谴责其自私自利，就让之扪心自问：占了好位子，舒服吗？

大约，能够这样做的人，是不会羞愧的。

霸人位子，其实可以是一面镜子，它让我们掂量出人心、看到美丑。

秉持着过头的私心，处处留意蝇头小利之人，怎会过得快乐无忧？

补记：

刚刚有朋友问：“吃亏就是吃亏了，怎么是福？”

我说：吃亏不负人，心里安宁。心安是最大的福。不是吗？

2018-10-12　16:29

流年陌上，弦歌成诗

读大学时，主修数学学科的他，却旁听了计算机的全课程并通过考试，取得了资格证书。毕业后立志做了一名计算机教师，是因为迷上了编程序。

似乎没有很明显的“为什么”。

我问：“为何去旁听？”

答曰：“学习的需要。”

这位奇妙的学者，是小我近一轮的校友——广东北江中学原校长、现任韶关市教育局副局长、副书记的黄叶亭先生。

我离开母校时（22 年前），就知道广东省中学生的计算机的有关教科书出自他的笔下。

前两天，应深圳校友会学生的邀约，我出席了欢迎来深圳学习考察的叶亭校友的一个小型聚会。才知晓：1998 年，36 岁的黄校友凭借卓越的教学和竞赛成绩以及惊艳亮相的 7 本专著，毫无争议地成为广东省最年轻的特级教师。此前一年，他获得高级教师的职称。

谈笑中，断断续续地还原了雄鹰展翅的掠影。

读大学时，睿智的多才多艺的叶亭校友婉辞了学生会的职务；走上工作岗位不久，他就向有慧眼的毕国恒校长婉辞了学校部门领导的职务。理由是：需要心无旁骛地投入计算机教学中，他笑称：35 岁之前不担任行政职务。

“读书不是为了雄辩和驳斥，也不是为了轻信和盲从；而是为了思考和权衡”。培根这句话，是对我们的优秀校友黄叶亭的最恰当不过的注脚。

这个晚上，我破例延长了聚会的时间：校友们美好的静气引起我强烈的共鸣。

我不舍退席。

举杯恭祝祖国繁荣富强、母校桃李芬芳。（左 4 为黄叶亭副局长）

我们的小校友，2004 届的张嘉恒是哈尔滨工业大学（深圳校区）的博士生导师。可爱的小弟弟异常沉静、不言也不语地微笑着聆听学长学姐的谈话。

“士人读书，第一要有志；第二要有识；第三要有恒。”（曾国藩）

曾经，叶亭校友花数百元买了最新等级的专业书籍，让求贤若渴的徒弟们先睹为快。饱览“经书”之后的陈徒弟半开玩笑地向老师挑战，我们的黄校友索性夺过书来苦苦钻研，半年便修成了一本新著。

只言片语里，我读出了丹心一片。

这个晚上，刻骨铭心地记住了一个故事：

老校长执着地藏住了一份清华大学的保送生表。陈同学在全国计算机竞赛中获奖，清华大学向他伸出了橄榄枝。结果他一直没有拿到这份表——因为他率性地砸伤同学而受到严厉批评。毕国恒老校长坚持以德为先、德才兼备的教育思想。这个事件，让这名智慧超群而盛气凌人的学生受教终生。后来他进入中山大学，没有辜负母校的教诲。

春风化雨，桃李芬芳！我亲爱的母校，因为有了一代又一代的杰出的掌舵人，依托“全、实、严、勤”的校风和“公、诚、廉、毅”的校训，培育出数不清的栋梁才：有中科院院士，有蜚声中外的文化艺术工作者，还有新近的港珠澳大桥的设计者和劳动者，更有成千上万的拳拳之心的爱国者。

平凡的脚步也可以走完伟大的行程。

谨此。

2018-11-10　11:10

芳草碧连天

写下这个题目，是一种灵动。

林海音版的《送别》歌回荡在耳边。

大约，机缘巧合，我与 81 届学生弟弟妹妹见面最多了。

“文革”之后，母校在八县三区招收了一百五十名优秀学子（其中农村子弟近半数）。3 年后，他们几乎悉数考入大学。而那个时候，全国的招生录取率仅为 4%——

这个数字，是当年班里的团支部书记林伯川刚刚和我长途电话聊天时谈到的。

他考入了清华大学。

十几个人住一间大宿舍，那时伙食又差。若家里有人送来菜和干面等东西，一定是共享的。

“同学间没有功利，只有淳朴的友爱”，林伯川说。

真情一直延续到今天。深圳的这群同学，几乎每周都集聚到姚志勇的私人会所里打球、聊天、聚餐。

对于过往的艰苦岁月，同学们异口同声说：永远难忘！非常感恩。

他们感恩于每一个奋斗的印记：

除了刻苦攻读，常常津津乐道于那些大合唱、诗朗诵表演带来的荡气回肠的激昂；深情回忆上山拔扫把草以及郊游的轻舞飞扬的欢乐；永远铭记祭扫先烈墓园的庄严肃穆并萌发的铿锵有力的誓言……

“我们离开父母亲、离开家乡来到北江河畔、五岭之阳的母校，就立志考上大学，做一番事业”——

早生华发而神采飞扬的肖瑞标文绉绉地说。他供职于华为集团，是一名高管。

温文尔雅的妇产科医生赵美芳很干脆：

“踏入母校，就认定自己一定会奔向美好的远方了。”

林伯川特别记得入学时廖拔成校长告诉他们：

“这三年，一定是你们终生难忘的三年。”

这位德才优异的学生干部说出了所有人的心声：

“心中有了目标，并且努力地为实现这个目标奋斗的每一步，都是很快乐的。不会怕辛苦，也不觉得辛苦。”

离开深圳后，伯川还给我电话，谈到当年，谈到我给他们讲柯岩的诗——《周总理，你在哪里》，谈到我教唱这首歌，谈到总理提出的“四个现代化”的宏伟蓝图……所有的所有，如此美好！

什么困难不能克服呢？

我觉得，说什么可能都有点多余了。就用我收入第二本小文集的《水晶心》的一段话来结尾吧：

“已逝的岁月，能够如此鲜活地仿佛如昨地展现在我们面前，是因为火热的学习生活给了我们智慧、力量和勇气！”

2018-11-22　17:02

选　美

和花儿在一起。

马德说：

“低调的人，一辈子像喝茶。水是沸的，心是静的。一几、一壶、一人、一幽谷，浅酌慢品，任尘世浮华……茶罢，一敛裾，绝尘而去。只留下，大地上让人欣赏不尽的优雅背影。”

掩卷，那充满静气、美若仙子的衣裾飘荡在我们眼前。茶香袅袅。

而思想家吕坤也这么说：

“深沉厚重是第一等资质，磊落豪雄是第二等资质，聪明才辩是第三等资质。”

深以为然。

刻骨铭心地记住了这么一幕：

数年前，深圳中心书城。

感冒发烧的我，对冒着严寒、一大早来支持自己的师长、朋友怀感恩之心，晕晕乎乎地嘶哑着嗓子絮絮叨叨、张张扬扬。之后，我静静地审视那个被学生妹妹兴奋地拍下的视频，非常羞愧！

当第三本小文集露面时，我不急不缓、静静地坐在读者席上。

静气才真正对得起关爱我的人们。

静气比这一天书城里的五彩缤纷的鲜花美。

电视剧《桃花依旧笑春风》的女主人公桃花的侠肝义胆，是别样的美。相比静气，她的豪雄来得那样风风火火，在紧急关头只见其眉头一皱、一惊一乍的智斗，让我等不得不服。

那种慨然、那种奋不顾身、那种不容置辩的率性和义勇，是怎样的不可多得的美啊！

第三种资质，我不由想到了这个剧里的汉奸郭坚。他的耀眼的学历、他的绝顶聪明却被不易显露的油头粉面的机巧投下了一个长长的阴影。

谨记：

厚重而不奢华，刚直而不媚俗，聪明而不机巧。

2018-11-30　21:09

翩跹于岁月的光影里

欣喜地看到杨钰莹广州演唱会节目。喜欢她小声说话、轻声唱歌的样子。忽然想起邓丽君也是这种风格。

我怕那种声嘶力竭的歌唱。

日前，在《深圳特区报》抑或《深圳商报》看到过一篇文章，写的是小声说话的人给作者带来的好感。娓娓道来，正中下怀！一乐。

其实，小声说话，不一定是怯懦之类。君不见，声大过力的人也不在少数呢，说毕竟是说；而且声音过大，既浪费体力，也骚扰别人。譬如老师，若声音不大不小、语速不急不缓是最合适的。过大的声音，让学生疲劳、容易分散精力；过小的声音，学生又吃力。而小声说话的杨歌星等，在淡然、谦和中不时飞出一两句俏皮话儿，只见活跃、哪有丝毫怯怯？时光匆匆，或进或退，然美人依旧。

这算不算是对小声说话的一个褒奖呢？

杨歌星的朋友林依轮也是小声说话、轻声唱歌的人吧？这个晚上，他助阵师妹杨钰莹演绎了《透过开满鲜花的月亮》，笑容馨然，魅力满满。恰如其分的歌声与微笑流畅地表达了对美好的向往——

“她”停泊在水的中央，永远停在“我”的心上；“她”不会随波流淌，永远靠近“我”的身旁。

林歌星边说边唱，亦庄亦谐；并不摇头晃脑，也不中规中矩地大大方方、爽爽朗朗，一如他向往的“天上的月亮”。

一颦一笑展现性格；一说一唱体现台风。

关于明星们，我知道的甚少，我不追星。不过清晰地记得我写过《简单即美》一文，是在 2011 年。喜欢简单的我为杨钰莹的那句“因为简单”所动。作为观众，享受了音乐人带给我视觉上和听觉上的美：

“音色的明暗、语言的抑扬、层次的强弱”——生出许多瑰丽的想象来。

杨钰莹的《晚霞中的红蜻蜓》《月亮船》《星星是我看你的眼》千回百转地荡漾在我心中。

2018-12-14　17:20

玉洁冰清

能够在文艺圈里清水芙蓉般简约着、宁静着、不左顾右盼地美好着，很可人。

费玉清是吗?

知道他，是那首歌：

“真情像梅花开过，冷冷冰雪不能淹没，就在最冷枝头绽放，看见春天走向你我……”

而今，63 岁的他宣布退休，乃因思亲之痛。

“当父母都去世后，我顿失人生的归属。没有了他们的关注与分享，绚丽的舞台让我感到更孤独”。

他期许退休后过云淡风轻的生活，无牵无挂，寄情于大自然。

费玉清，真君子也！既深情又淡泊。

对钟情的事业放手，是因为对至亲的至爱；而终身不娶是因为“曾经沧海难为水，除却巫山不是云”的专情。

“最好的爱，其实是一场知己酬和”。

你不在了，我爱付何人?

歌神，你的歌声婉转轻飏、隔空而至；

你个人，则如月光般洁亮。

珍稀。

2018-12-31　20:53

雁过留声

我很怕负人。

偏偏负人了！而且是真心帮助过自己的邬福安学长。

如果不是勇建学友告知我邬学长辞世的噩耗，我还会错过了他的葬礼！

我相信，清高的邬学长绝不会在乎什么“人过留名”之类，他是敢爱敢恨的汉子，活得很真实、有担当。尽管他因此遭受猜疑、诟病而艰难。

他的一生肯定不轻松。到底幸福不幸福？

他生前，我没有想到要问。

此刻翻看学长转发的仅存的我没有删除的一些文图和视频，再次感觉到他的善良。他告诫我要保重身体，永远快乐。

我都有简短、真诚的回应；唯有 2017 年 12 月 5 日下午，我接收到转载文——《狼的爱情》之后却沉默了。

之后，他好像没有发什么了。

今天，我发觉自己铸下了一个大错！

清高的邬大哥应该以此文来告诉我这个追求完美的小师妹：狼对爱情的忠诚，也是他的人生态度。因为我对他的婚姻状态的三缄其口，反而让他不舒服吧？

想起二十多年前，我把听到的闲言碎语告诉他，希望他注意时，他轻蔑地微笑道：

“和许多人跳舞、和许多人唱歌，正是说明我什么事都没有。爱，是专一的”。确实，郄大哥，你说得太好了！电视剧《何以笙箫默》里何以琛不也这样说吗？

“如果我的世界里曾经有过一个人，那么，其他的就是将就；而我不愿意将就。”

我此刻才幡然梦醒，那时病得不轻的你，表面潇洒、内心清醒地绝望！

我在学长最需要倾谈、理解的时候，却选择了沉默；而自己困难时，是学长慷慨地援助我！我确实太大意，甚至太自私了。

现在，我要对学长说：

郄大哥，你一直很真实，很坦荡，很光明；当然也很专一。

而生活中，虚假、不诚实的人常常会过得自在甚至风光——因为他们不会为不真实而羞耻。就像变味的食物被不善良的商贩打上辣椒和香料后，比没有变味的东西更可人一样。如果两个说谎的人在一起，他们会互相欺骗还会伤害无辜的人。如果，这也是所谓“爱情”，那就太有讽刺性了。

通过喻比，我更深切地、更想大声疾呼：

真的，永远是金。

2019-01-19　07:29

永远居住在太阳升起的地方

亚里士多德对幸福的理解是把灵魂安放在最适当的位置。

异曲同工的是：周国平先生也认为，把命照看好；把心安顿好——人生就圆满了。

我想：许多人都会以各种方式去照看好生命，至于安放好那颗心，有那么容易吗？

灵魂安然的途径不外乎是学习、修炼，让生命透亮。

读书向善而练就了一颗水晶心，拥有一颗高贵的头颅，我们的生命就有了质感和厚度；而缺乏智慧和慈悲的生命，不过是一具躯壳！纵然千秋万岁，也不过是一张装腔作势、内里虚弱甚至猥琐的画皮而已。

我喜欢这句话：任由红尘滚滚，自当清风朗月。

有道是："此心安处是吾乡。"

日前，故友的后妻与我通话。她说，即使她不和他结合，也会有其他的女子去找他；并且转而数落他的前妻的愚笨；末了，她似乎已经放下了所有。并不熟知她的我，默然而哀。我不怀疑她的爱！她不为钱财而来，反而贴钱补偿他的前妻以扶助那份情缘。谁敢说不是真爱？

只是，我不由再次想起了林徽因。我敬佩林徽因选择了实诚的梁思成而舍弃了苦苦追求自己的才华横溢的有家室的徐志摩，她不但善良，而且明智。

林徽因拒绝徐志摩，首先不会因“夺人之爱”而成为众矢之的；另外，于受西方教育的她而言，爱的张力首先要有自由和尊严；再有，她选择与自己有共同的工作意愿和理想的沉稳的梁思成，注定一生不会寂寞、不会有风险。

爱，需要选择；即使没有物欲。

我一直认同美丽的爱是一定不会建立在别人的痛苦之上的。我更在风华正茂时就言行一致地经受了牺牲个人感情、成全别人幸福的考量。我婉言谢绝了机缘巧合认识的来自省城的有妻子儿女的才华出众有光辉前程的他。

本分做人，守住底线。逾越了基本规则的“幸福”是没有根的。

历尽沧桑的我，初衷不改。

如果一段婚外情，它能够让涉事者丢弃所有而爱其所爱，那么值得我们拭目以待。我不再劝人一味地坚守婚姻的理由于此。“爱人”已经不爱，婚姻就是一具空壳。守着一张证明婚姻的纸，有用吗？

换言之，婚姻即使千疮百孔，但曾经出逃的心早已回归，它的修复也不是不可能的。因为婚姻关乎一家人、关乎孩子的成长和安好，它需要让步和容忍。我支持婚姻的相对稳定。

身边朋友的磨难使我深深认识到：“爱情”可以读出人品，人品更可以鉴别“爱情”。

纯粹地爱一个人，一定会爱其所爱，一定会心甘情愿地为对方奉献自己，甚至牺牲自己的利益来成全所爱。相反，“偷情”兼“偷物”故意伤害别人的人，是没有权利说出神圣的“爱”的；而如果年纪轻轻，希冀通过“走捷径”来谋求“幸福”，就大错特错了！空有奢华的皮囊又怎么承载得起厚重的岁月?

时光，总是温婉如花。我总能在转身之间，遇见幸福——向暖、向光，长路漫漫并不彷徨。

2019-02-05　11:51

素心如雪

梨花似雪还是樱花如云？我不知道呢。

“灼灼桃花十里，取一朵放在心上，足矣。”青丘帝姬白浅和九重天太子夜华的三生三世的爱，在瑰丽的十里桃花林绽放；更蕴含了“弱水三千，我只取一瓢”的高洁。

感谢曼妙的文学艺术，让我们插上飞翔的翅膀，上穷碧落下黄泉，素心如雪。

与春风同在的桃花，妩媚动人；而十里桃花，该是何其妖娆？

如此美好的环境是属于美好的人物的。

虽然我只看了几集《三生三世十里桃花》，但已经深深地领略到了主人公情义无价的伟岸。白浅的身边来来去去这么多人，历经三生三世，最终留下的只有夜华，这大概是因为“遇见了他，其他的人就是将就了吧”。

唯美的爱感天动地。

古往今来，无论现实还是艺术，都明明白白地昭示着一个真理：你是谁，便遇见谁。

夜华的坚毅、沉稳、冷静以及忠诚和担当与白浅的单纯、善良、诚实、感恩、美丽比翼双飞。而离镜冲动、多情，始乱终弃才会被自私、阴险、虚假、残忍的玄女所诱骗。

世界，其实很公平。

“生活中即使有很多的恶，也要相信有更多的善”。

我很欣赏昆仑虚里司音的那些穿白衣如天使一样的师兄们的剑胆琴心，欣赏许许多多的爱和善的忘我的奉献。

这一切，与现实何等契合。

读喜欢的书，爱喜欢的人，做喜欢的事。

2019-02-11　22:49

干 净

有人如是说，援助贫困的学生读书，他们往往会选择那些家徒四壁却注意整齐干净的孩子。“穷讲究”其实是有一股努力向上的意愿的。

非常赞赏。

其实一个人过得不好，有时是因为没有钱；大多数时候是不用心。

我在小区里的空中花园散步，饶有兴致地看着不远处千姿百态的阳台和窗帘。我常常为那一剪梅而欣喜，为那一盏小灯笼而开心。

楼下新搬来的小姑娘把她那个被分隔开来的小阳台用小花小草装点得满园芳香……

我相信，拥有如此美妙心境的年轻人，运气应该不会差。

有人认为，只有贵，才算得上讲究。有大房子、大家具、一掷千金才是排场。我不否认所谓豪宅，所谓珠光宝气，而光鲜的外表下更需要晶莹的美。

没有水晶心，堂皇下的破绽百出是不可避免的。

刚刚看到卫国挚友转发来的《人干净，心才贵》。

这“干净”，不但指外表，更是内心。

木心在“文革”时被关在阴暗潮湿的防空洞。恶劣的环境并没有消磨他的意志。在寂寞的黑夜里，他在找来的白纸上画出黑白琴键，指尖在琴键上无声地弹奏着肖邦和莫扎特。自嘲道：“白天是奴隶，晚上是王子。”而出狱的时候，他“腰板坚挺、裤子还有笔直的裤缝、皮鞋擦得能倒映出人影，面带微笑，干净极了、优雅极了……”。

在艰难困顿时从容不迫，在肮脏世道中以干净示人——称得上气贯长虹了吧？

这篇文章还提到窦文涛，凤凰卫视亮晶晶的节目主持人。大约，他的朋友如云吧？但除了做节目，他几乎就宅在家里。偶尔朋友相聚也是喝喝茶、聊聊天、读读书，他认为，“朋友，除了交情之外，还有讲究，这个很重要”。窦文涛讲究的是品位、才学、投缘、谈吐，并说这种感觉是交情不能代替的。

非常喜欢也认同。

圈子里的朋友情意相投，只有交流和成长；不必设防，更没有算计。在掌声中的脱俗诗意、低调谦虚、心无尘埃的君子风范，干净高洁。

2019-02-17　22:02

文学，让岁月生香

喜欢开花的树。

腹有诗书，真的可以“气自华”吗?

不久前，北京大学那位学力学、研究机器人的在读博士生陈更——“中国诗词大会”第四季冠军，携新书《几生修得到梅花》，在深圳书城龙岗城与读者见面。

陈更说，自己真的让古诗词影响了性格。不仅是文字的表达，语言的素养；更是中国诗词里的“虽九死而犹未悔”的情怀，“哀民生之多艰”的民本思想，以仁学为核心的人格观念以及积极向上、旷达乐观的人生态度。

她的生活让诗词变得浪漫。

确实，我们眼前的陈更，诗意裙装、长发及腰，举手投足间散发出被诗词浸润的美好；不同于我们想见的不那么细腻的理科学生的理性和率性。

我相信，腹有诗书的陈更一定不会手拿笛子、对着小区里的空中花园来展示技巧，惊扰邻居；也一定不会在孩子读书的月夜里——大放乐曲、扭动身姿，跳广场舞；更不会浓妆艳抹、口出狂言……

她应该是那个“面色温柔、不去占有、活得简单”的好女孩儿。

无论过去还是现在，文学都在我们的人生深深烙下痕迹：

在获得知识的同时懂得审美、懂得生活的情趣。

我喜欢曼妙苇草、载波卧桥、映日荷花的绮丽；也喜欢“大漠孤烟直、长河落日圆”的壮美。

所谓素养，大略如此。

美，更多的是内敛而不外扬的。

温润如玉。

2019-03-19　18:04

答　题

最近，回应新浪微博的问。

问：朋友圈是一个假精致的地方吗？朋友圈的你和现实中的你有何不同。

我理解，朋友圈就是一个自己相对熟悉的、亲近的圈子，值得珍视。朋友可以给我们榜样和力量；而我也可以快乐地在这里释放自己——传递我和身边人以及天下人的爱和美。所以，我很难理解也不同意“朋友圈是一个假精致的地方”一说。我一直认为，善良和诚实是人的基本底线。我不会说谎，也因此朋友圈中的我和现实中的我是共同体。

问：你和朋友吵得最凶的一次是因为什么？曾经吵过架的人还能和好如初吗？

我好像没有与朋友吵架的记忆，但有就某个问题进行讨论切磋或者质疑的情况。对好朋友的某些误失，心痛并有诘问。我认为，真正的友谊不会莫名地掉链子。如果心中没有底线，朋友就难成为朋友；而真正的朋友，从来没有离开过。

问：大学生该怎么来平衡学习和课余生活？

关键在理性。懂得取舍。比如：每天上网已经成为我的习惯，但它不是我生活的全部，更不是我生活的头条。大学生的主要任务是学习，必要学科的学习一定不能被课余活动所代替。课外的学习只是丰富课堂的学习，主次不能颠倒。如果大学期间没有摆正学习位置，即使侥幸毕业，本领也不高强。真本事才是我们谋生做事的金箍棒。

问：你觉得人心经得起考验吗？

人心经不起考验，人性更甚。因为人是有弱点的。但我信奉真金不怕淬炼的真理。有些人、有些事不是一朝一夕就能见分晓的。淡看旁人的不足，多找自己的短处。如此，坐看云起时。

问：你想对以前的自己说些什么吗？

单纯很可爱，但智慧不够。所以有点傻。如果一切可以重来，纯洁天真外加智勇双全，可以成为——一轮明月照天心。

2019-05-14　17:04

照镜“靠谱”

日前，在人民网论坛看到——“靠谱”的8个细节，感觉是对自己的一个鞭策。

某位经济学家说：“靠谱，是比聪明重要的品质。”在我看来，“靠谱”就是可信的。这应该是当今评价人或事的高度了吧？

论坛里搜索到的8个细节：

一、收到会回复

二、不占小便宜

三、守时

四、说到做到

五、不吹嘘

六、情绪稳定

七、有底线

八、有一定的执行力

第一个细节，是基本礼貌。我在网络上常常回复迟，因为应接不暇。

第二点可以掠过，我是完全不会的。

“守时”是一种契约意识，我遵守的。欣慰那年陈亚香校长在全校大会上表扬我，说我天天不迟到、不早退。其实绝大多数人都做到了，校长对我的偏护大约因为他天天目睹我静静地伫立在红荔邮局等候校巴吧？因为校长在我的前一站上车，所以得以天天通过车窗口远眺到我“敬业”的一幕而印象深刻。

不过，生活中的我，有过爽约。虽然极少，但一定事出有因。造成的结局刻骨铭心，负人很内疚！比如2016年8月，我因故没有参加86届学生在佛山的聚会；2017年，因病没有参加94届学生在广州的聚会；2016年暑假因故爽约于网络上的朋友王楠老师在华侨城的聚会。

第4点与前相仿。诺不轻许，一言九鼎。

“不吹嘘”真切地阐述了低调、内敛的可贵。君子讷于言而敏于行。

控制情绪的能力不可低估。心理学家认为，人在愤怒的时候，会盯着负面的信息不放，无限放大。一个情绪冲动、大起大落者是很难担当统帅角色的。冷静、沉稳不但能左右胜负，而且能稳定军心和大局；就个人而言，因冲动而改变命运的结局屡见不鲜。

以上两点我还行。不过遇事表面镇定，内心常常难免惊慌失措。没有帅才。

底线的处置是一个人的思维与理念的试金石。孟子曰：“人有不为也，而后可以有为。”有原则的人能克制贪欲，有取舍、懂权衡而目光远大。

以上7点，是靠谱之人的软实力。

最后的“执行力”是硬核。

不具备帅才的我的执行力相对薄弱。我大约合适做教师。老师是园丁，也需要执行力。但老师的引领作用相对比重大。

2019-06-05　16:13

札记——听周国平谈尼采

阅读《南方都市报》黄茜记者采访周国平的报道，我快乐地笑出声来。

上世纪八九十年代，周国平的《尼采：在世纪的转折点上》引发了一场激动人心的尼采热。阅读和谈论尼采成为风尚，青年男女约会时，手中的一本尼采是趣味相投的标志。

周国平，这位著名的哲学家，落户我们城了呢！今年年初，他竞选成功深圳市坪山区图书馆馆长。

虽然在新浪网，我偶会涉猎到周先生的睿智言谈，但孤陋寡闻的我对他的了解仅仅是浮光掠影而已。

新经典文化重新出版了周国平翻译的尼采的若干本著作。

周先生说：尼采是属于青年人的。

这里的“青年”，不只是说年龄；更是指特质：

一是强健的生命，

二是高贵的灵魂。

这个生命，不是身体；是一种生活态度。大致是——与大自然的融合，奋发向上。而“高贵的灵魂”，强调的是高贵的精神追求，它与“强健的生命”息息相通。

有了蓬勃的状态、对大自然的热爱、对生活的赤诚的追求，才会有高贵的精神向往。可以说，前者是根，后者是花。它们是相辅相成的。

在阅读了这个消息后，我才比较真切地了解了自己之前喜欢引用的尼采的这句话：

“每一个不曾起舞的日子，都是对生命的辜负。”

尼采用舞蹈家来比喻好的哲学家，乃因舞者的特点就是自由——将心灵的绽放与肢体的舒展完美结合。

身心的轻盈的灵动最美。

尼采确实很浪漫，他追求极致的东西，“最精美的食物，最纯净的天空，最刚强的思想，最美丽的女子”。但他个人充满矛盾，他的愿望与实际相距甚远；而这些很大程度取决于他的敏感、内向的性格，所以他总是受伤，他内里的强大、坚持也限制了他的人际关系。

关于人生：

我很欣喜自己很贴近周先生的这个阐释：

“写作让我感到生活富有意义。”

是的，写作面对自己、面对生活、面对世界。

在写作中整合思维、提升理念、拥抱美好。我视写作为最快乐的事儿。

当然，生而为人，我们首先要活着。大约，愈年轻压力愈大。周先生认为，有作为的青年，解决自己的生存是一个责任，吃点苦是不可避免的，不要抱怨。而人，不仅仅是为了活着而营生，需要有精神上的理想，要有自己真正爱好的事情。不管它能否成为自己的职业，兴趣与能力应该是一致的。周先生提出读书与写作就是一个品位。

我非常认同，我认为它会让我们的精神世界在任何情况下都不会荒漠。

2019-06-26　16:33

你的“温柔”放错了地方

白色的小布娃娃、红色的心形香水盒与绿色的钢琴罩……

日前回应了新浪微博两个问题：

一个是对于表面清纯温柔的女生，实际上却是心机重的虚伪人如何对待？另外是选择男朋友的准则。我说前者需要转身而去；后者重在品质的善良诚实以及性格上的稳重成熟。

首先，我认为“温柔”的确是可以伪装的。如果这“温柔”又放错了地方，本身就不善良、不诚实了。

有一首歌，好像谢霆锋唱过的吧？有这么一句歌词：

“因为爱，所以爱”。

爱是“因”，爱也是“果”。没有错。不过若有人断章取义来为自己辩护，就不义了。

不是吗？三岁的孩子大约都会知道：别人脖子上的项链是不能拿的，除非戴项链者真心赠送；否则，再喜欢，也不行。这是基本道义。

偏偏，这个连孩童都明了的事情，有人就是强抢横夺，美其名“因为爱”。

如此，当然不仁不义了。

偏偏，施以“温柔”于所“爱”之人，比如：送饺子、送菜、送关怀备至的小东西，追至“爱人”不堪其扰而举家搬迁的地方，继续“温柔”。

而“温柔”的另一面是伤害。盗取“爱人”新居的钥匙，继续小偷小摸甚至故意损毁其妻子的东西以激怒对方。登峰造极地把她的一只红色凉鞋丢掉，另外一只挂到衣架上。

也有“温柔”地尾随其后，不声不响构筑“温柔乡”，一点一点地蚕食别人安宁的家园的……

两种“温柔”手法不一：前者“辣”，后者“甜”。

爱是美好的，但有了这些附丽于其中，就成了低微、鄙俗和无耻了。

我认为，爱是心疼。为所爱之人操心，乐意为之奉献力量。终极的爱，甚至可以献出性命。譬如在危难关头，把生的希望留给爱人。

对于上述惊心动魄的纠缠和不露声色的“依恋”，我觉得那只是一种“喜欢”而已，不过是一种仰望抑或想促成的某些欲望罢了，哪里是“爱”呢？

所以，“温柔”不过是一种进攻的方式。“温柔”如果嫁接在霸气和匪气式的“爱”上，会是什么呢？

2019-07-02　16:45

八月，你好！

八月来了，桂花的香飘然而至。

缤纷的七月，些许躁动，还在耳边。

某运动员的冲动以及落寞，让我们回想起姚明的沉稳、宁和。有时，遇到不恭，确实需要反思自己。思维的方式决定说话的口吻。比如：

“你可以不尊重我，但你必须尊重中国。”此话一出，让对方陷入大众所指的境地。压不倒别人却激化了矛盾。

记得看过一文，说的是要有胸襟容忍那些“小小的坏”，任意放大某些看起来不堪的事情，打成死结而束缚自己——不但不智慧，而且无格局；更解决不了问题。

想起 22 岁时的姚明，居然就能化羞辱为玉帛。

对于那个放言“姚明就是个菜鸟，只要他单场得到 19 分以上，我就当众亲驴屁股”的巴克利，姚明没有拍案而起、针尖对麦芒地以牙还牙，而是温和地、静静地回答说：

“那我就天天拿 18 分吧！”

努力的姚明，没多久轻松拿下 20 分。巴克利不得不实现诺言当众吻驴屁股。此时有人问及此事，可爱的姚明这样说：

“巴克利就是在开一个玩笑而已”，还说巴克利愿意牺牲个人利益换取目标的例子“非常值得尊重”。温和、大度地给对方以台阶下。

我非常佩服年轻的姚明。他不但人长得高，思想也高。

他回应自己是否中国的代表的问题很精彩。他认为“中国”这两个字不是任何一个个体可以代表的。每一个人都有闪光点，如果仅仅靠一个人或几个人去说，很苍白。

他的所言所行让人很舒服、很佩服。

写到这里，我更深切地体悟到，人的秉性包含了个性特征，也显示了修养格局。

如果我们都能舍去“小小的坏”来成就大大的好，我们与世界都会日趋美丽。就像扑面而来的八月那样。

2019-08-01　21:30

遇见七夕

有蜻蜓的粉色连衣裙很应景。

七夕，乞巧节的意念似乎很浅，它大约输给爱情了吧？

爱情，在人们的心里的比重大，不少人甚至于视之为生命。

虽然，现实中似乎纷纷扰扰的离离合合多了去，但许多人还是钟情并相信纯白色的爱。有期许和向往，人就不会落败。

今天又七夕，玫瑰花——香远四方。我却不由想起日前在新浪网看到的消息：

福建 5 岁男童与江苏 2 岁的小朋友均被继母打至满身伤痕，其中一孩子还成了植物人。我不知孩子们的生母缘何与他们的父亲分手，这大约不重要；重要的是男人为自己选择的伴侣、为孩子选择的母亲，首先应该是善良的。

在这个充满温情充满爱意的节日，我又想起了捷克作家米兰·昆德拉的话：

“令人反感的，远不是世界的丑陋，而是这个世界所戴的漂亮面具。”

是的，温柔和善良都是可以伪装的。戴上面纱的脸都不会苍白，否则怎么能俘获被猎者的芳心呢？

试金石其实很简单，善的、真的才好。

让我们转身离开那些阴暗的凶狠的画面，去拥抱这个天下有情人的美丽的节日。

“一个人爱你，她的眼里只会有疼惜；如果不爱，就只有欲望”。记不清是谁说的了。

美好的爱散发出迷人的光辉。它真挚而无私，甚至会为所爱奉献自己的利益和生命。常言道：爱屋及乌，那么，残害“爱人”的孩子的人，有资格言爱吗？至于“情意绵绵”地一点一滴割裂“爱人”的家庭抑或直接登堂入室做坏事者，就连面具都摘下了矣！

爱，不是占有。爱是容忍、是牺牲。

写到这里，我的心随即明媚起来。

我追随的美丽的爱的模样，应该这样——

不会伤及无辜，不是互相对视；而是共同眺望并共同成长。

无论“从前慢”一生只爱一个人，还是“现在快”一离三合兜兜转转，我想：

关键是一颗水晶心。

2019-08-07　11:24

美国掠影

华盛顿街头，友善的美国路人主动帮我们拍的合影。

2019 年秋，我到美国旅游探亲近一月。从深圳经香港启程飞抵三藩市、华盛顿、纽约、波士顿、缅因、尼亚加拉瀑布城、芝加哥共七个驿站。

三藩市的红桥与白帆，九曲花街以及艺术宫；华盛顿的 17 街口，白宫和二战纪念碑；波士顿的如雷贯耳的哈佛、麻省理工学院以及美国第一座公园，第一个州办公楼还有宪法号护卫舰……缅因州阿卡迪亚国家公园小岛的宁静和浪漫；尼亚加拉瀑布的温婉壮丽；芝加哥林立的楼宇伟岸于湖光中的强烈的时尚……迤逦于我的眼前。

● 波士顿

都说一叶知秋，我相信浮光掠影的表面，总有难以想象的默契蕴积其里。也因此，感观、感觉和感应都不应忽略。

如同抵达华盛顿机场那样，我对波士顿也是一见钟情。不在于繁华喧嚣的曼哈顿带来的反差，而在于映入眼帘的那些端庄、内敛的小楼以及台阶上端坐着的微笑的南瓜，还有房前屋后一溜抑或半丛羞涩的花儿。

眼中的美好与心中的憧憬相投，何等欢畅！

起先，肤浅的我只知道它拥有如雷贯耳的哈佛、麻省理工学院……踏上这块神奇的土地，才知道哈佛大学的建校比建国还早。此地大学云集、生机勃勃。它是美国最古老、最有文化价值的城市。它由英国的清教徒移民建制，从一开始就有良好的道德规范。

难怪，扑面而来的英伦风情，迷人眼。

飞车到达波士顿的当日傍晚，我们赶在太阳休息前，匆匆前往二弟的母校哈佛大学。肃立于举世闻名的最高学府前，我的心里驻满了虔诚和向往。建筑群的主打颜色大约为海棠红吧，既耐新又耐看。欧式风格的构筑与这座城市的风骨丝丝入扣。

合上眼，我都能记得那些大大小小的细节。

它的沉静和庄重，走心。

次日，侄子领我们观赏美国第一座公园，第一个州办公楼；走了一段美国人民争取独立走向自由的著名的“自由之路”；登上了世界上最古老的现役军舰——19世纪美国独立战争时期最有名的一艘战舰，被美国海军视为拼搏和胜利的象征，它就是永不沉没的宪法号护卫舰。由美国第一任总统华盛顿命名，建造的木材采自北到缅因州、南到佐治亚州的1500棵大树，火炮则在罗德岛州铸造，称得上是倾全国之力而成的军舰。

背景是永不沉没的宪法号。

游览途中，那些林林总总的房舍、教堂——浓缩了这个城市的历史。中午，我们还到了有300年历史的西餐厅品尝螺头汤、海鲜面……领略西餐厅的高洁、优雅以及点心和菜肴的丰盛华美。

波士顿，再见！

2019-10-27　20:21

缅因州

我们在美国东北部的缅因州的一个国家公园小岛住了四天，罗曼蒂克的四天。

蓝蓝的天空下的红叶、彩花……成群的海鸭、飞鸟！童话故事里的种种妩媚景物一一呈现在眼前。

大约，饭店是不多的。

小商品倒是很多。

最契合心境的似乎是他们更在意店里店外的浪漫情调而非蝇头小利。

橱窗与布局无不绽放着鲜花与小可爱。

是的，除了花满庭，那些小狗、小猫、小兔子、小松鼠的造型随处可见。记得有一个小屋子的整面墙上挂满了布偶。

原来，高个子蓝眼睛的异域人有一颗可爱的童心。

远方的秋。

不由想起二弟的朋友赵清海老总在三藩市的家：两层面海的浪漫阳台。

诗意盎然的房子是从一个美国人手里买来的。赵夫人陈静告诉我，这里的人都喜欢自己设计自己的生活，邻居们的房子一个比一个浪漫。陈静是我们复旦大学的才女，她说她喜欢在家里面对大海上班。里里外外都透着仙气的房子，谁会不喜欢呢？房子与阳台相邻的过道，居然让铁皮做的姿态各异的小娃娃占据了，门前摆着各式各样的花盆、花篮，甚至还有海边捡回来的开满鲜花的老树根。

每一个小东西，都是慧心。

那天傍晚我们在大露台上，挨着夕阳照射的斑斓的海面，享受着曼妙的海风，快乐地吃着火锅……赵总升起他的“无人机”，给大伙拍照。

难怪，我注意到客厅里还有看海的望远镜。

所有的所有，都是海的生活。

而华盛顿郊外的农夫的小巧玲珑的红色工具房，则在一望无际的黄豆苗中，亭亭玉立。

岁月的暖，漫过时间的河。想起奥黛丽·赫本在《蒂凡尼的早餐》里穿着黑裙子，戴着假珠宝，打扮得体地站在蒂凡尼的精美橱窗前……

仪式感是一道白光！

生活的品质不在金钱和名利中，而在心灵与精神抵达美。

那一日，我们驾着车在小岛上徜徉，尽情享受没有摩肩接踵的宁静；屏息聆听海的歌唱；举目追逐鸟儿的飞翔；远眺从荷兰等地驶来的邮轮；俯首捡拾地上的苹果……

2019-11-05　07:33

尼亚加拉瀑布城

印象中的尼亚加拉瀑布城是温婉而壮丽的。

温婉是否因为入住的英伦风情的酒店的细腻和妩媚呢？

玲珑的小柜子上的鹅蛋形的长柄手镜、墙上温馨美妙的油画，无不带着玫瑰色的情调。

自助餐也很华丽，浓浓的仪式感尽显罗曼蒂克。

从灯饰到台布都很英国。

只是，入夜时分不远处的河道发出震耳欲聋的滔滔水声才让浩大壮观的感觉覆盖了那种纤细与柔情。

早餐后，走出数步，我已经被湍急的河流惊倒了！

这是瀑布的前奏吗？

资料上说，瀑布，地质学上叫“跌水”。指河流或溪水经过河床纵断面的陡坡或悬崖处时，成垂直或近乎垂直地倾泻而下的水流景象。那种飞流直下，这次是清晰地目睹了——

巨大的水帘在阳光下透着亮光，伴着雷霆般的震响。洁白的浪花跳跃着、汹涌着形成强盛的水团，又炸成了水粉！水势由急而缓。海鸟穿梭其中，阳光中惊现彩虹——双彩虹！

我想用“伟岸”来形容尼亚加拉瀑布。

全长仅 54 公里的尼亚加拉河，南起美国纽约州的布法罗，北至加拿大安大略省的杨各镇，海拔却从 174 米降至 75 米！上游河段水流较缓；后河段变窄、水流加速，在一个90度急转弯的河道上横亘了一道石灰岩断崖。浩渺的尼亚加拉河骤然跌落，形成巨大布匹似的水流。它以银河落九天的雄风冲下，左冲右突于诡异的下游，演绎出世界上“最狂野、最恐怖、最危险”的漩涡激流……

当日晚抵达尼亚加拉瀑布城，听到水声却还“不识庐山真面目”呢。

次日，我们乘坐特制的观景船，穿山越水，接受瀑布的洗礼并瞻仰它的奇伟和纯净。被水花打湿雨衣的感觉是兴奋而神圣的。水鸟一直追随着我们忽高忽低地盘旋，依依不舍般。我在摇荡的船上抓拍了聚集在一块礁石上的吉祥鸟。瑰丽景色中的小精灵，尤为动人。

与瀑布握手是需要勇气的。

那就要下船上山，沿着红色的钢板桥攀高，任由瀑布的水花飞溅到脸上、甚至钻进雨衣里……

大自然的神工鬼斧，让我们肃然起敬地增几分天地正气、减几许尘寰的猥琐！

真好。

瀑布城因瀑布而命名。它是世界上第一大跨国瀑布，位于加拿大安大略省和美国纽约州的交界处。

2019-11-13　13:09

芝加哥

飞机下降芝加哥机场时，上下颠簸得厉害，我把头埋在身体里，大气都不敢出。

我和弟弟们与“大豆子”合影。

飞机呀飞机！你别慌，慢一点、再慢一点好吗？待我终于抬起头来，往机窗外望了望，惊觉我们正在海面上……意想不到的是，摇摇晃晃的飞机立定于机场时，竟然轻巧得不声不响，我的心里唱出歌来。

原来，芝加哥位于美国中西部的伊利诺伊州，东临浩渺无垠的密歇根湖。飞机盘旋时，看到的就是它而非海！

人们说，与水相邻者慧。

“大豆子”云门是美国十大地标建筑之一，也是芝加哥的艺术的象征。不锈钢建造的这个大型雕塑，实体 360 度无缝焊接技术呈现出一个艺术形态的镜子，把周边的建筑与人群映照在类似黄豆样的艺术品里，不同的角度拍出不同的画面。

我想，不同的季节，它又会反射出怎样的光辉呢？

游览密歇根湖让我猛然想起飞机上看到它似海非海的壮阔，妙不可言的是，那个夜晚，我又恰恰看到了“湖上升明月”！不由立即转而陷进了“海”的意念里。美美的圆月在浩瀚的水边升起……天涯共此时。

于是，恍惚中回到了故乡。

初来乍到，我就感觉芝加哥气度不凡。机场大厅外侧的透视性的顶棚设计，让人感觉亲临闹市大街中。据说，百年前的一场大火，让迅速重建的它大胆创新，豪迈壮丽，产生了世界上第一栋采用钢构架的摩天大楼。

难怪，芝加哥给我的印象是崭新的。它伟岸于湖光中，身影相随。林立的楼宇，一座座都趾高气扬般俯瞰着青草与绿水。

用一句中国话来说，也算是凤凰涅槃了吧？

2019-11-19　20:15

英雄主义

“……其逢新雪初霁，满月当空，下面平铺着皓影，上面流转着亮银。而你带笑地向我走来。月色和雪色之间，你是第三种绝色……”

月光与雪色彼此以高洁相融相映。那么，第三种绝色，是不是超越了它们呢？

瞬间，我被点燃了！

我找到了契合老三届的彩笔了。

老三届是指中国“文革”爆发时，在校的三届初、高中学生。“文革”的原因促使学校这三届学生同年毕业，造成了巨大的就业危机。

关于它，伤痕文学的记载大约不是星星点点了；只是，我有些压抑，故而看得不多。

我对厚重的它的概念不是浮泛抽象的，而是亲历其中矣。当年考进这所遐迩闻名的省重点中学，很开心。全校初、高中一起也只有18个班共800余人，还不及现在的一个年级。几百号人在依山傍水的校园里朝夕相处。

同学间，熟悉得不是家人而胜似家人般。

我在初一年级，是学校里最小的。

记忆中学长学姐们把我们看作小娃娃的场景是：

新年晚会里，天生舞蹈家的波素给我们几个小个子的同学排练了一个表演唱。清晰地记得开头的唱词：

“西山太阳落，二娃忙上坡，站在坡上把猪唤，长声吆吆应过河——猪儿啰，啰啰啰……猪儿啰……”我们双手呈呼唤状时，全场哄的一声笑翻天了哈！

胆怯的我被学长学姐们笑得晕头转向，不知所以。

还有“洗衣舞”里，长春同学饰演解放军炊事班长，挑着纸糊的水桶慌里慌张地出场，半个水桶掉地上露馅了！全场那个笑呀，排山倒海般。

笑归笑，校园里最小的我们总是得到哥哥姐姐们最亲切的呵护。

深切记得夜里下宿舍楼去山边的洗手间，高中楼值班的学姐会贴心地迎上来陪我走。有一次不小心被鱼骨头噎到了，是高二年级的潘醒初大哥哥用自行车载我到粤北医院的。我的感谢信通过学校广播站传出来时，我又被班里调皮的男同学揶揄了一番。

久远的稚嫩的记忆夹带着悄悄的温暖，定格着开成一朵朵花儿。

情谊一直延续着……

从年少到如今。

当年，让韶关人骄傲的时尚的商业大厦是由我们初三的学姐郑丽璇挂帅的，她是韶关市响当当的商业企业集团公司总经理。我常常在周末时过来逛逛，喜欢瞧瞧学姐美丽怡然的笑脸；喜欢享受学姐亲切友爱的关顾；喜欢看她风风火火的指东画西。

上世纪80年代初在华师大进修，人群中有人欢喜地拥着我嚷嚷，定睛一看原来是覃小蕙学姐。有着一张可人的苹果脸的覃姐姐当时在电视大学任教，她贴心地送我一件铁锈红的美丽的钩花毛衣。我当即就穿上了！见到的人都称赞它。后来不慎损坏了，我心疼地让专事功者依样画瓢地复制了保存着。

晚会彩排的上午，初三的黎萍学姐见到我像亲妹妹那样亲热地问长问短，拉住我合影。因为后台的工作室东西凌乱，她发过来的照片我用了这个红色的相框避开了背景。

高三的大哥哥邬福安是韶关电视台的领导兼台柱，我参加的演讲比赛里他担任评委。赛后他亲切地叮嘱我要注意的问题。关于邬学长，我在我的第三本书里的“玫瑰情”篇《你若安好，便是晴天》中记录着。

去年，在他的葬礼上，我见到邬大哥的同班同学王新道学长和梁小珍学姐。

就像亲人一样，我们紧紧握手。

邬学长与王学长均来自高三（4）班，他们分别是那个武斗时期的两个派别的领头羊。蹉跎岁月，没有书读，各自为不同的见解耗费了青春！初二和高一的两个同学在派系的争斗中甚至付出了宝贵的生命。

当天，在这个沉重的送别仪式里，我有一点欣慰的是过去无知的争辩已经永远过去了！我们所谓的革命，不过是同学与同学、同事与同事的较劲；不过是一种虔诚的忠诚被注入了愚昧的纷争。

哪有那么多的“主义”和“信念”？

正如七堇年所语：

时间用它独有的刻薄方式令我们渐渐宽宏，明白不管怎样被生活对待，依然要许诺自己明日必有太阳！

无比欣慰的是，王学长告诉我，他与邬学长早在 1974 年，大家从乡下回城时就恢复了联系并彼此牵挂着了。1989 年校庆，全班聚会，王学长还送给邬学长两斤米酒。王学长说，邬学长边喝边连声赞“好酒”。但在 2016 年 5 月的班级聚会里，王学长担忧着他的健康状况。之后，知他时日不多，就多次宴请他，每次他们两口子都专门打的护送他回家。

邬学长走时，王学长在他的灵堂上香。同学会会长黄义隆学长操办花圈事宜，王新道学长提出以全班同学的名义送花圈。

亲爱的同学们，那些个风起、雨落、云涌、霜飞，都只是眼前跳跃的音符！平凡人的世界，有真正的高贵。

不是吗？我问了许多人，包括以上写的王学长、郑学姐、覃学姐，还有高三的吴永骥学长、何碧如学姐、初三的何彩凤学姐、我的同学袁世强，我说，老三届里，包括你自己与家人有没有一些令人感动的为国家做贡献的事例？不一定要惊天动地，主要有那颗赤子之心。结果他们都不约而同地淡然地说："没有呢！我们都平平凡凡、琐琐碎碎。"

想起这么一句话：

要安静地优秀，悄无声息地坚强。

走在如水的岁月里，凝眸，清澈见底。（刘清）

2019-12-04　20:45

牡丹花旁的寒枝

有梦不觉天寒。（美国缅因）

中国作协会员冬林网友说吴昌硕先生画牡丹，会让一两枝寒枝冷冷地立在旁边。她深情追溯了吴先生大半世的苦难，认为寒枝的出现是记忆、是对比、是温度。

她的美丽的文字给了那牡丹以及那寒枝以一种推想。

这一回，我没有欣欣然苟同于她。直觉那不过是一种美，一种疏朗大气；而非刻意。

就像当前出征疫情一线的白衣天使的真诚告白：职业使然，并非彰显什么。

牡丹，都说是国色天香。还记得古装剧里的皇后妃子的头冠上有它。实在不能否认它的雍容华贵。很奇怪，在我的眼里，艳丽的、饱满的牡丹花站在那里总有点儿木讷似的，不及樱花桃花梨花们的轻盈；更不及梅花的婀娜。

我想，仪态万方才是魅力。

因此，我看到吴先生的画，心头一喜：

因了寒枝，牡丹居然灵动起来。它们之间似乎达成了默契那样，相互照应着。牡丹的多彩、厚重的花瓣立等利落了，寒枝高挑的身躯、冷峻的外形将整个画面提了起来，朵朵花儿有了精气神。

为了印证自己的想法，我查找了有关资料，惊喜地获知吴昌硕先生如是说："人说我善作画，其实我的书法比画好；而我的篆刻更胜于书法……与印不一日离。"

先生心仪的是篆刻！

据说，书法常常是先于绘画的，它的笔法相当于画儿的基础线条。吴昌硕的篆刻影响了书法，更左右着他的画。所谓"毛笔能作金石，也能生出来花"。

梅花的枝干，用的是先生写石鼓文大篆的笔法：苍茫朴拙、力透纸背；紫藤的缠绵，能看出草书的意味：气象万千、长风万里。

金石作画，原来如此。

故此，吴先生的造型或许有时不很准确，但金石的锋芒和书法的遒劲形成的金戈铁马气息令画作雄浑、厚重。

"腹有诗书气自华"，说的就是书卷味儿。那么，坚毅、刚正的寒枝是不是让牡丹的浓丽显得更加稳重和内敛了呢？

由此，我想到了梅花。胆识过人的吴老先生，应该不会忽略临风起舞的梅花啊！

查询的结局令我更加惊喜地相信自己的第一感觉了。

天哪，推想与史实出奇地吻合！吴先生乃“苦铁道人梅知己”也。其一生酷爱梅花，画梅、咏梅、死后葬于超山梅林。梅花竟然是他的花卉里最有代表性的题材。如果说那些千姿百态的梅花妩媚可人，不如说那些坚贞不屈的枝干凸显了一种男性梅花的倜傥洒脱。

回过头来看牡丹，我发现除却寒枝，吴昌硕先生还常常用石头来陪衬，这些硬气的物体，被配以柔弱与娇艳，交相辉映地彼此成全。

吴老先生的牡丹在中国画里的大红大绿、独树一帜的果敢，是不是因了金石气息的底气呢？深邃的审美，源于一个人的经历和底蕴。

好。

2020-02-28　20:00

那些花儿

题记：三八节，谨以此文，献给白衣天使和值得爱的人。

善良最美。我写过这样的文。

眼下，网红医生张文宏也印证了这个观点。深切记得他惊艳浮头时就说过，要把已上一线的医护人员替换下来，让善良的人得到休息。

在对新冠肺炎尚一无所知的情况下，首批医护人员义无反顾地冲上去了。紧接着，疫情发展到非常紧急以致让人惶恐的时刻，各路白衣天使义不容辞前赴后继驰援湖北。

一些人倒下了，更多的人跟上来——是在看抗战剧才有的场景竟出现在我的眼前。如南京中医院副院长殉职后，领导回呼要上，齐刷刷地许多人争着报名。

谁不知生命可贵？！

我想，愿意为他人付出，首先就具有善良的金子之心。

这两天，一个48岁的护士长，在我的脑海里挥之不去。她说身患绝症的母亲支持鼓励她上一线去救治其他人。但母亲却不幸在这过程中永远地走了！护士长想起妈妈说“回来我们一起去看春天”的话泪流满面。于是网上某些不在其中的人口无遮拦地埋怨护士长。

我深深地被刺伤了。

我们未能安抚万般无奈中坚强地带着母亲的嘱托与年轻人奔赴一线的资深护士长，更未能亲历壮烈的抗疫战斗，却信口开河伤害义勇者。过矣!

《爱人同志》是我喜欢的一部电视剧。而从南京鼓楼医院奔赴湖北抗疫一线的护士任文静、林玉博，堪称“爱人同志”。这对热恋中的有情人，在没有硝烟的战场里为拯救生命忘我奋斗！分住隔壁房间的他们与死神抢时间几乎没有时间见面。他们以敲击墙壁的方式传递消息彼此打气，相约胜利后到武汉看樱花。

爱人同志，如星月。

我对于生命中唯一的一次徒步旅行记忆深刻。没有风月，只有太阳。

那时候特别的单纯，小小年纪的我们不怕山高路远，偏要走红军走过的“双马石”，陡峭的山路都是雪粒，我脚底一滑往下冲，眼看就要掉下山沟，千钧一发中，小莉奋不顾身张开双臂从下面迎上来抱住我，我们一起摔倒在山路上。

这些善良，就像那些花儿，开在我的心上。

2020-03-08　17:59

心的眼睛

在这个人人都想大声说爱的日子，我默默地思考林清玄先生的一句话，平复了些许躁动，希望自己能修炼到一颗水晶心。

林先生认为，情感是心的眼睛。它由智慧和慈悲组成，当过度钟情的时候，一只眼睛瞎了；当怀恨的时候，另一只眼睛也瞎了。

原来，爱恨强烈，两眼会处于半盲状态。

“在我们有更广大的爱时，在我们对可恨的人都能生起无私的悲悯时，心的眼睛会清明，有如晨曦中薄雾退去的湖水”。

似乎我成长的时代，接受的教育更多的是爱憎分明。

实际上，我们每个人都有某点阴影、都有些许杂念。有时一念之差可能会对不起人甚至铸成大错。所以，淡看过失和过错；不要让怒火遮住眼睛而失去理智。对于自己不屑的人和事，转身离去是一种风度；更是一种智慧。

我的小天使。

当然，拥有水晶心的人首先应该是诚实的：不作弊、不取巧，更不会损人利己去寻求“美丽”与“幸福”。

同样，“情深不寿，强极必辱”。过于钟情的痴迷和执着，有时确实需要沉静。

谦谦君子，温润如玉！

2020-05-20　12:28

成 美

勇敢是风，静气是云。

题记：老师绝不播种偏见，更不浇灌仇恨之花。

教育的目的是“成美”。而美在于善、在于真。

曾几何时，我接收到的教诲是很极端的，比如大肆批判“战争恐怖论”的渺小；尽情讴歌所谓“正义战争”的硕大。

所幸，历史总在沉着地前行。

所幸，世人终于明了：

今天我们铭记血肉模糊的过往，就是为了永远地消灭战争！捍卫和平。

与儿时相比，现在的战争片，那些“脸谱化”逐步消失了；人性和客观的成分不断增强。而我个人更注重的是片子的内涵、人物的真伪度，还有对因战争而丧生的芸芸众生的悲悯以及对战争的日益厌恶。

艺术还原于历史，拔高于人物，升华了主题。它告诉我们和平是善的，挑动、发动战争是恶的；而血流成河的战争本身是没有输赢的。

永远地诅咒人类的相互残杀，永远地讴歌美丽的和平。

教育当然也是这样。

为师者是孩子们的引路人，挑选担当老师的人，大致上应该美好的情怀大于学富五车的智慧。简言之，没有佛心的人不能成为老师。

因为老师绝不播种偏见，更不浇灌仇恨之花。

上世纪70年代，发生过两件事：

一是我没有没收学生看的《青春之歌》。

我对那个坐在礼堂地板上聚精会神阅读的孩子说：“这本书据说是‘毒草’，不能看。但我不知道‘毒’在何处。你收起来回家再看吧。”

清晰记得读这本书的调皮大王后来在我晚上家访遇到“石头战”时，挺身而出帮我解围。

第二件事——我被关爱我的老校长们推荐到粤北地区机关干部工作队，深入清远市石潭山乡工作。老领导们殷切期望当时被某些人戏言具“小资产阶级情调”的我经受考验，在“火线上”入党。但我批评了生产队里出工迟到、偷懒的一些贫下中农子女，却表扬了某些勤奋自觉的“地富子弟”；还为一些“异己分子”说话甚至帮忙寄信。于是我被带队的某部委办副主任鉴定为“有资产阶级人性论，立场不够坚定”而辜负了老校长们的期待。

深切记得，我当时不以为然。因为我不认为自己做错了。我遵循自己的本心。而今天，我为自己昨天的美丽而鼓掌。

人生的最大意义不在奔赴某一目的，而是在承担每个过程。（林清玄）

2020-06-11　16:53

若 水

喜欢你的温柔。

关于水，苏辙曾经给出七个优点。

它给我最贴心的印象是：沉稳谦卑、深邃明洁。

我一度以为自己的修行可以了。但以人为镜，着实有点紧张、羞愧。不要说难以做到《烟花易冷》里的冷如意的谦和、沉稳、大度、坚强，就是现实里所见的泼妇骂街之类也能引致自个之灵魂革命的。

做不到水的境界啊！

它泽被万物却不居功自傲，谦卑地往低处流。浩渺深邃却空灵、明洁，绝不故作高深、指手画脚；而是遇方能折，逢圆遂满。

顿悟：

“守正直而佩仁义”。

“真正积极的人，只能是会爱别人的人”。

现实中，咄咄逼人的指责以及诸如与喧嚣的广场舞的舞者针尖对麦芒的辩论，至少不是让人舒服的感觉吧？

有时，愤怒是分不出输赢、是非、高下的。

原来，改变自己是自救，影响别人才是救人。

故此，站在对方的角度，则容易心平气和；站在自己的角度要告诫：年岁越大、越淡定。人各有志，何必苟同？

于是，某日，在小区的空中花园里散步。见一小伙享受着清凉的晚风，爽爽地坐在草地中铁铸的小鹿身上打电话。我犹疑了一下，袅袅过去抚摸着旁边另外两只鹿鹿的纤细小腿，笑问他：“小哥，不知小鹿是否可以承受得起我们的坐呢？”

他温和地回我：“没事儿。”

他悄悄地退出去了……

看春风不喜，看夏蝉不烦，看秋日不悲，看冬雪不叹。（陀思妥耶夫斯基）

2020-07-09　18:23

勇敢是风，静气是云

题记：云在天上，风在云里。美，并非红唇绿眼。

关于勇敢，最深刻的记忆是师范学校时的一次军训。

在 100 米实弹射击中，全班同学都顺利完成考核之后，在教官严厉的目光下，胆小的我不得不拿起步枪，伏地击靶。谁也想不到我居然连发三枪获得 27 环的优良成绩。

它告诉我：内心的勇敢，才是强大。

当时没有后退之路，唯有勇敢。于是沉着地按要领妥妥地连发三枪。

如今想来，如果光有勇敢，没有沉稳是击不中目标的。

2011 年，华容学生妹妹把她在深圳中心书城录下的我当日签售第二本书《生命中的美丽相遇》时的一段视频发给我。正是它，让我照见了自己当日的喧嚣！

因为感恩师长朋友们牺牲假日休息冒着寒风冷雨一大早赶来支持我，当天感冒发烧的我在现场傻傻地絮絮叨叨满场走。

于是，2016 年《我像雪花天上来》的新书读者见面会，我静静地坐在中心书城北区大台阶一隅。

星星为什么看起来如此渺小？是因为它把自己放得太高。（秦时明月）

我羞愧签售第二本书时自己的张张扬扬就像一阵风。

想起来，第一本书《心海如花》虽然粗糙，但算得上天真；第二本书排版时，我只为挤进一张图片而欢天喜地，却没有沉住气仔细甄别审定所谓的“图文并茂”。出版之后才痛悔照片太多太乱，尤其彩页的浮躁喧嚣跃然纸上！

生命本身就是一种不完美，或许只因有了裂缝，阳光才能照得进来（深圳微博发布厅）。

在渐行渐远的人生修行的路上，时时回顾并及时止损，那么深一脚、浅一脚的现象就会减少。

2016 年出版的第三本书《我像雪花天上来》，较之前两本要好。照片少，并且小。内敛是静气。

云在天上，风在云里。美，并非红唇绿眼。

我至今耿耿于怀的是，在《或许深爱朝鲜舞也是缅怀那些年》里自己的一张朝鲜族裙装图大了且光线幽暗！乃因编辑慎重，舍去了我在网上找到的一帧美丽的朝鲜族舞女图。这个取舍，错了。

青少年时期，“勇敢”于我是一个硕大的金光闪耀的词语。年岁愈长愈懂得：光有勇敢，远远不够。沉稳成熟一点儿也不亚于勇敢和坚强。就如文首谈到的那次射击，假若不是沉着从容，放“空枪”的可能应该存在。所以，缺乏静水流深的气质，有时勇敢只是冲动。

静气最美。

2020-08-27　17:03

故乡的云

我一直认为，我就是韶关人。

记得我 5 岁时到这里，而且前一站是清远市。我非常清晰记得我亲爱的父母是从那里的交通银行调到韶关地委公署的。

小小年纪对“交通银行”有如此深刻的印记在于一次洪水来袭前，大人们紧张地搬运办公桌，还有爸爸在洪水满溢的办公室给我和弟弟演绎电动玩具船的情景。

不懂事的我当时非常庆幸洪水的来临，我喜欢爸妈的办公室变成一汪湖水；更得以观赏小船儿乘风破浪。

山山水水……“隔着如许烟波岁月，美成书页中的一个剪影”。

写下这些，是因为《马诗三百首》。

它的作者是我们韶关以及清远市委原书记骆雁秋叔叔。

骆书记比我的父母年纪小，又比我大十六七岁。他是我的母校广东北江中学的政治科组的倪洁贞老师的爱人。

北中人何以这么亲、这么近？

母校的同事们，拥有当时引人瞩目的整齐划一的教工宿舍。同事加邻居，如同地委大院那样——小伙伴们亲如一家。

当骆雁秋书记送我的这本新书经由学生锐强带至手中时，我非常感动。记得爸妈在世时，老人就收到过骆叔叔特意寄来的诗集了。

《马诗三百首》，这本古色古香的线装书是羊城晚报出版社出版的。著名书法家、中华全国新闻工作者协会名誉主席、人民日报原总编辑和社长邵华泽挥笔书写书名。它的纸质柔软、如丝似帛。

小小的我没有水平来阐释它的艺术价值，但它带给我珍贵的乡情。

深切记得，那一年我幼小的孩子出麻疹，妈妈请时任市委办公室主任的骆叔叔带给我他帮忙购买的特效的中药膨鱼鳃。

还有一件事很深刻：我随地委机关工作队下乡一年回到城里，骆叔叔送给我当时紧俏的电影票。大约他与倪老师都深谙我的性格吧？记不清具体看哪一部电影了，总之我喜出望外。可是在西河剧院拥挤的人群里丢失了他们赠送我的一枚非常别致的领袖像章，我大约是像戴胸花那样认真地别在衣襟上的。

即使清高的我谢绝了他们给我介绍的秘书、医生等对象，如亲人一样温良恭俭让的骆叔叔和倪老师只是遗憾地笑了笑，默默地关切着我。

我一直对粤北有深厚的感情，喜欢小城三面环水、一面靠山，喜欢它民风淳朴。记得年轻的我看到街头的乞丐，很难过，就写了一封信给同学晓青的父亲、当时的地委书记李海涛。不久就欣喜地看到公安局的车来收容那些流浪汉了。

去年深秋参加“校友回校日”活动，市府原副秘书长、学长李泽环就亲切地握着我的手说他的母亲和我母亲是好朋友……

这个风光绮丽的小城，养育了我和我的小伙伴们。

它是那朵云。很美，白色的。

2020-09-05　07:17

昨日种种，皆成今我

美丽，飞进心里。

有时候，自己不经意的事，在别人眼里可以很大，抑或很有趣。

不止一个学生提到我曾经教他们洗衣服，学友佩华也说过中学时到我家，看到我把要洗的衣服摊在洗衣板上，先刷领子、再刷衣袖、最后刷前后衣襟的正式和隆重。

我很感谢我的父母，他们在我读书的时候就教给我基本的生活能力。除了洗衣被、洗菜、搞卫生，还有待人接物的礼仪。

印象很深的还有优雅地拿筷子，吃饭时要等人齐了才端碗；并且先扒饭、再夹菜，夹菜时也不好随意翻动；还得“看菜吃饭”去关顾他人。

公筷，家里几十年前就用的，还有喝汤的小碗之类一应俱全。

虽不是大鱼大肉，但吃饭是很幸福、很快乐的。

这一切，镌刻在我的心里，受用一生。

我记得很小的时候，那条绣着小马的连衣裙，是我的至爱。后来我长高了，裙子送给表妹时，我希望把小马剪下来。但是爸妈说，我若留下它，裙子就坏了。

我很心痛地放手了。

日渐长大的我，深深懂得，那是“成全”。

读书越多，越珍视那些美丽的衣裙和鞋帽；也日益知道“好看的皮囊千篇一律，有趣的灵魂万里挑一”。

美丽，必备善良和诚实。

损人，无论利己还是不利己——都不能做！

装过脏东西的玻璃瓶子，我们是要打破它的，以免他人误用。

在别人艰难时抱以同情之心并尽可能地施以援手。

父母还告诉我们：“帮助别人不求回报，但滴水之恩当以涌泉相报”。

深切记得邻居小朋友晓东的哥哥不幸身亡，他嚎啕大哭的样子使我非常害怕，下意识地笑了一下，就被哥哥告状到妈妈那里了。

…………

记忆是无花的蔷薇，永远不会败落。（来自网络）

2020-10-19　21:36

原来，比童话更温柔的是力量

有人说，只有越来越强大，才能越来越童话。

窃喜。

越来越童话的具象，大约是自己认为称得上的浪漫、壮丽与诗意的生日吧？

在万里长空读到南航空姐递过来的《深圳特区报》上自己的心情文字《走过如花的岁月》，浪漫如彩霞；

全校师生齐聚广场，听唐校长宣告——“为中国人民志愿军赴朝参战纪念日鸣钟”的庄严一刻，壮丽似钟鸣；

在明镜似的雁栖湖、蜿蜒千里的巍巍长城、红叶灿然的香山山麓……诗意像秋色。

重阳节，我应邀回到深圳高级中学，与久别重逢的同事朋友们共度佳节并庆贺生日，接受了现任校长邵爱国的节日问候。

鲜花、掌声、笑脸……

“满载一船明月，平铺千里秋江”。

雁栖湖畔的歌声。

如烟往事历历在目。

现任校长的祝福。

风华尚存时，被深高的瑰丽所吸引，踌躇满志经受了满腹经纶的创校校长的面试后不几天，王飞副校长与冯文主任受校长委托，带着商调函前来华强职业技术学校迎接我。

一言九鼎的唐校长同陈亚香校长一样，承诺许我一间午休房（我调往这两所学校的唯一要求）。

当时对电脑一无所知的我勇敢地投身于这所深圳乃至全国最早施行计算机教学的朝气蓬勃的学校。我还记得是晓波老师亲切地向我示范了电脑打字的手法。正文老师、陈华老师慷慨地把自己制作的教学课件转给我，但有点辜负他们的是，他人的教学意象与设想不易转化成自己的思路。

同事朋友们的热忱与宽厚一直激励我。

我的稚嫩的第一本小文集的签售发行，就是水发老师提议促成的。领导与同事们牺牲休息时间，赶到深圳书城支持我。

温柔化作力量。

第二、第三本小文集继续在深圳中心书城举行隆重的读者见面会。那个冬日，老领导冒着严寒一大早前来发言助兴。

特别怀念瑞兰老师，她在 2016 年我的新书的签售现场率性地代表深高人送出了一双美丽的花篮以致贺。文笔隽永的她生前一直上网支持我。

这不是童话，这是实实在在的友情。我当铭记一生。

感谢您，我的同事们！

重阳节前夕，群里老师提议我一定要回学校来庆贺生日。

傍晚，一进校门，老师们就热情地招呼我合影，还说寿星站中间，我笑笑执行。饭后，我本要打出租车回家，敦厚并智慧的开福老师说陪我散步回家，同行的还有忠贵老师和金华老师。开福老师说走过马路经儿童公园，将很快抵达我居住的小区。果然，打开话匣子，路变得很短。

有许多时候，生命若水，石过处惊涛骇浪；

有许多时候，生命若梦，回首处梦过嫣然。（皮皮时光机）

2020-10-27　15:36

喜欢你和我在一起时我的样子

经典就是经典，它总是在某时某刻与我们此起彼伏地歌唱。

深深地感谢职业赋予我终身完善的美丽，而工作，是为了活得更美好。我永远的身份本质上是女儿、母亲以及妻子。虽然我的网络名落脚于“老师”，它很神圣。我借助它的光，成就美。

我喜欢公开宣称乐于做母亲的女孩儿，那是与善和美息息相通的欣然。古之有语：老吾老，以及人之老；幼吾幼，以及人之幼。爱自己的双亲、爱自己的孩子并由此扩展到爱天下的老老小小——

自然而然、不加修饰的美，源于善！

连家人都不爱的人，是谈不上任何“主义”的。

生命的长河里记忆的石头，最深刻的沉淀是什么呢？

可爱的孩子。

他 3 岁的时候，有一日发烧。我背着他去医院，半道上，小小的儿子一定要自己走。

拉着他滚烫的小手，我的心很痛，但很欣慰：孩子长大了一定既善良又仗义。果然，他读大学时，有一回与家人准备过马路的当儿，迎面来了一名乞讨的流浪者。孩子急匆匆地对我说自己没带书包，身无分文，让我赶紧给钱。

那一刻，我的心很柔和。

他刚上小学时的一句话顷刻间又清晰地在耳边回响：

“就让他和我们一起打球吧”！

那是小小的儿子动员小伙伴们不要疏远调皮的小何。

小小的善意和包容，给我许多欢喜许多爱。

等到他读研究生的时候，特别郑重地告诉我们不要滥用塑料袋，一定要环保；还要保护野生动物……大约2010年，我特地给市领导写了请求加强环保工作的倡议书。也清晰地记得，有一回参加朋友宴会，有一道菜违背了我们的约定，我和孩子都没动筷。

我喜欢你给停靠在窗台上的小小鸟儿喂食、送菜给楼下的野猫的样子。

特别是在今年，我的微博和微信记录着：2月5日，你回来吃饭，告知我武汉疫情告急的一些细节。当晚23点07分始，我先后向人民日报微博、人民网微博、中国网微博、中国新闻网微博、中国新闻网周刊微博以及我们的深圳新闻网微博发出私信：

提出——能否让各省负责救援武汉的一个区的办法。

两三天后，让我惊喜落泪的是：各省负责湖北一个地区的指示下达了，我的请求方案是否与国家的救援办法不谋而合了呢？！

感谢你当时焦急地告诉我武汉的状况。我不是强者，却可以是自己的英雄。

和你在一起时，我的样子如此平和、慈悲、安然、泰然。

孩子，世界巨大，我们以渺小来爱它。

2020-12-07　15:47

庄　严

题记：……世界先爱了我，我不能不爱它。（汪曾祺）

短时间内两次收到学生妹妹竹雅自粤北寄过来给我“补气血”的驴肉和肉丸，不由深深地再次想起鲁迅先生的名言：

对人恭敬，其实就是庄严你自己。

一路走来，可爱的学生弟弟妹妹以及可敬的同事朋友的真挚的关爱写满着庄严，鼓舞我前行。

青年时期，我不甚了了以上富有哲理的话时，不过是本能地如汪曾祺先生那样以行动去回报之。所幸，我从来没有以为职业的神圣会代表着自己有什么先知先觉；我也还是本能地明白自己要配得上这个职业才称职。

懂得尊重人的谦和与美好彰显着庄严。

一直以来，无数个竹雅，涓涓细流地寄给我茶叶水果、手帕丝巾、月饼点心，还有书籍、水晶笔、宝珠笔以及装帧美丽的笔记本甚至洗发水面霜和发簪……

还记得网络名为“墨墨朵”的朋友说她的妹妹是1997年从北中毕业的，她用溢美之词谈妹妹对我的虔诚的崇敬和关爱。

而早在 1996 年，我已经离开养育我的粤北了。

她告诉我，妹妹长大了，叫朱晓梅，是广州市的优秀教师。

深情厚谊如天上的星星，照亮漫漫长路！

德胜，是比较早期的学生。在那个“读书无用论”的日子，调皮捣蛋的他与年轻的、工作方法简单粗暴的年级长发生了激烈的冲突而被取消了学籍，不得不离开了学校。而作为班主任的我，很难过。直到 2015 年，这个班的学生终于找到我时，我心中的大石头才落地。

知道德胜一切平安；更知道他过早结束学生生涯而艰辛地生活，最终他开了一个小小的水晶店铺。他真诚地送给我一块晶莹剔透的“竹报平安”的挂件。我不能推辞山高水长的礼物。让我特别感怀的是，他没有埋怨年级长、没有埋怨学校，更没有怪罪于当时学识浅薄、经验不足的我，反而真挚地称我为“姐”，说他这么多年一直打听并关注报纸上我的点滴情况。

德胜学生弟弟的谦恭，难道不是表现出一种庄严的自省和高尚的宽厚吗？

后期的学生崔进也一样，这位读书时被我点名批评最多的学生弟弟，毕业时郑重其事地来找我，奉上一张他视若珍宝的小一寸的免冠毕业照。二十多年前，我前脚到深圳，他后脚就跟上来——这位鬼灵精不知从哪冒出来找到我的电话，要请我吃饭。

面对这样的学生，我们有什么理由自以为是？

我们只是履行自己的职责、做分内的事，拿国家的工资；却得到被教育者毕恭毕敬的爱戴和关怀。

我们面对的是一群懂得感恩、懂得宽容、懂得爱的庄严的人。

他们是高贵的。

如果说，“一日为师终身为父”，但我并没有教过的学生，他们的尊重更彰显出自身的光辉。我的第三本小文集出版前，一夜之间，四五十个我没有教过的78届的孩子从韶关、广州、珠海、香港等地赶到深圳聚会，特别邀请了我这个没有给他们授过课的老师出席。而就在日前，丽琼学生妹妹又将这个聚会的合影编辑成动态相册配上乐曲，我被簇拥着，俨然是他们的恩师！

幸而我的脸上写满了欢喜和谦虚，否则怎么对得起这些“永远的学生”的大海一样的情怀？

魏巍的《谁是最可爱的人》报道那场尽人皆知的壮阔的战争，举出的例子仅仅三个：对敌人的恨，对朝鲜人民的爱，对祖国的忠诚。

我心中的感激早已汇成了一条河，但我只能仅仅记载几朵洁白的浪花。

人们常常把孩子比作鲜花，把老师喻为育花人。

有人这么说：在花的眼里，这个世界永远是春天。

我想，老师真的很幸运！我们的职业，让我们拥有遍地的鲜花；更赋予我们如花的情怀。

2021-01-31　16:36

春风荡漾

凭栏远眺。

据说，认真生活，方可找到生活里藏起来的糖果。

是的，如果放眼望去，到处都是甜蜜，哪有“沧海横流，方显出英雄本色”呢？

我不是英雄，我遇到的都是春雨、秋月。

从学校门到学校门，有许多可敬的人。不仅仅是老师校长同事和学生。

大约上世纪70年代末，地区中学生的文艺汇演在我的母校广东北江中学举行。我被校长指定参加了教育局干部指挥的“大会秘书组”。

开会时我出错了，有一个环节是放国歌，我至今不明白自己怎么鬼使神差地居然遗漏了唱片。尴尬可想而知。记不住是哪位领导及时从容地化解了问题！

深切记得大会的最高领导是戴着眼镜、儒雅温和的地委文教办的陆奕年主任。

我羞愧地望了望他，首长没有批评我。会后，惴惴不安的我再次与陆主任目光相遇时，大约他觉察到我的内疚，于是温和地笑了笑。

其实，如果他严肃地批评我几句，我会舒服些。

这件事，永远难忘。

它鞭策我谨慎小心，更警醒我：对待学生弟弟妹妹要春风化雨。

我想，如果你像我当年那么年轻，或者比我略大一些。你如果没有出错，不过是太想将工作做成了；又兼体恤下属，那么你一定要谦虚地沉住气。有句话，我很欣赏：

你没有错，就没必要生气；你错了，就没资格生气。

出于一份责任而无怨无悔，掷地有声地牺牲自己的利益，气贯长虹般的悲壮。

做成一件事，有主客观因素。并非一定需要圆滑。我一直不喜欢这个字眼。

阅历，的确有时会误伤纯真。

尼采认为，许多人所谓的成熟，不过被习俗磨去了棱角变得世故罢了。

但“所谓成熟，就是明明该哭该闹，却不言不语地微笑”。

既有独属自己的厚度与质感，又有根脉相连枝叶相拥的景致。（静水微澜）

我庆幸，我记住了：

长人，就要心平气和地对待兵荒马乱。

读书到最后，是为了让我们更宽容地理解这个世界有多复杂。

2021-02-26　16:24

让快乐成为习惯

小时候，似乎不知道何为快乐，因为少年不知愁滋味。

随着岁月的推移，无论是自己的祈愿，或是他人的祝福，“快乐”的频率总是最高的。

扪心自问，快乐成为习惯了吗？

无雨无风的时候，是可以的。

然而，谁的人生可以永远“落霞与孤鹜齐飞，秋水共长天一色”呢？猝不及防地就要风雨兼程了。

因此，练就钢铁般的意志，祛除玻璃心是首要的。

清晰地记得一篇美丽的小散文，里头说“我”的洁净的新鞋子被同学踩了一脚，于是气愤地又哭又嚷。后来让“我”羞愧地平静下来反思的是身旁这样一位女同学：

全班合影时，她穿着膝盖部位有补丁的长裤，大大方方微笑着注视着前方，在第一排的边上站成了一个美丽的剪影。

许多年之后，她的淡然、平和、从容仍深深地打动着作者。再后来，这位同学成为了这座城里电视台的光彩照人的女主播。她的百灵鸟般的声音连同花朵般的笑靥是这座城里的一道风景线。

这一幕，常常浮现在我的眼前。

去年春节，光明新区那块灿若霓虹的花田，早早地屏声静气、养精蓄锐地华枝春满等待鲜衣怒马，一日看尽“光明花”。

不料，前所未有的病毒以压倒一切的态势，铺天盖地呼啸而来！

确实，人生漫漫，哪有坦途？

年轻时，有一点小小的病痛就心慌意乱。后来渐渐习惯了崩溃，并在崩溃中自愈还学会了撑伞。

在艰难的跋涉中警醒自己的是什么呢？

很羞愧地承认：是生活中几乎百发百中的说“喜”即“忧”。

大意和自满一定会倒！

冥冥中，是不是有定数呢？

曾经有人说不要期待未来。

我理解其本意是不必设计成功的结局，而是随时准备突发的困境或灾难的降临。

显而易见，胜利无需编排，只有失败需要淡定勇敢去面对。至少，在不幸到来时，我们的从容不迫、沉稳坚毅才有可能化险为夷。

比如前面提及的那位可爱的女主播，她小时候的生活也许不尽如人意，但她不自卑，更不骄矜；而是快乐地、心无旁骛地挺立着。想起十多年前，我的第一本小文集在深圳书城举行签售仪式前，我首先预留了新书无人问津的尴尬。我甚至没有将此事告知父母亲人，怕他们担心；我只准备着勇于承担挫折。

最后虽然皆大欢喜，无需彷徨，但这本处女作留下的稚嫩、喧嚣，提点着后来的书。

我想，风起看云，月落观海的闲适、淡定，是我们在漫漫人生旅途中必备的身姿。事过境迁，不沉湎于追悔中，更不过多地责怪他人，秉持内心的沉稳、谦虚、自信和坚定，才可以让快乐成为习惯。

2021-03-15　18:40

做人与做书

人生海海，朋友遍天下，但真正懂自己的人应该不是很多吧？

生出这样的念头，是我的一些同学希望得到我的赠书。他们不甚了了我不送书的缘由。

不是钱的问题。

是对书的尊重。

我认为，喜欢我的书的人，自然会去买；而不喜欢或不怎么关注的人，得到我的书不去读，就浪费了。

我就此与我的一些学生弟弟妹妹和个别朋友交流后，深刻地体会到：

要做书，先做人。

书，真的就是自己的影子。

在深圳中心书城南、北台阶大厅举办的“读者见面会”，人一次比一次多。小小的我深深地知道，是友情的力量。师长朋友、学生弟弟妹妹、同事好友……是我的后盾。

实在的，能写书的人何其多！我不过是那个比较幸运的人罢了。要永远感恩，这个世界是怎样地关爱了自己。

89 届的韶芸学生妹妹说：“您的文章充满真善美，就如同您本人一样，带我们走进很温馨美好的境地……我有幸是您的学生。老师的胸怀，让我充满敬佩。永远向您致敬学习。”

有点拔高了。

温和友善的韶芸，谢谢你。

海天出版社的王颖编辑朋友则认为韶芸的话也是她的话，她当年在第三本书签售现场也对深圳卫视“第一现场”的记者大致这样说的，还用“美丽的小精灵在跳跃”来形容这本书的“清丽的语言”。

94届的陈新学生妹妹则坦率地说，您对我们好，我们当然支持您开博客、出书了！也想从文章里读您、读您身边的人。她说了一句很溢美的话：“因为只有您，才有这样的凝聚力，让这么多学生老师都愿意跟您保持联系。”

感谢你，睿智率性的陈新妹妹。

不由想起曾建国学生弟弟生前的搭档李忠慧设计师说过：“曾院长说老师您在我们学生群里很有影响力……”可是我当时并没有领会到他希冀我的支持和帮助的念头，很辜负他。

其他一些三次出席我的签售仪式的如志勇、小戈、志涛、小芳、洪浪、崔进、卫清、杏梅、王媚、洋姣、文华还有韶艳……重复了韶芸和陈新的话，我谨记大家所说的“纯洁、真诚”这些我看重的词语，我的心里充满感激。

总之，大家就是希望我开心，所以毫无理由地喜欢着我的喜欢。如陈新所说：“愿意宠着您，愿意看您天天美美哒！”

不是亲妹妹却胜似亲妹妹了呢。

也感谢冷静、机警的学生领袖献华对当前形势的估量和提醒，此前她与班里的同学鼎力支持我。确实，疫情尚未完全过去的互联网时代，连英汉词典这一类的工具书的销售都深陷危机下，出书，有点奢侈。

第一本书，纯属偶然。是同事朋友们的鼓励，而签售仪式，依然是同事朋友水发老师的提议。第二本书则是新浪网友的热忱鼓动。只有第三本是为挚友的磨难而书。

有幸生活在“给一点热就发光”的深圳，有幸遇到海天出版社的王颖编辑。她在审阅了我的初稿之后给予我热忱的鼓励，放手让我按自己的意愿成就自己的花朵。第二本书时，与王颖编辑的名字只有一字之差的王颍主任，也同样给予我自由发挥的空间，他的相对严苛，也让我严谨。

做第三本书，王颖编辑病愈归来。

经历让我成熟。我羞愧地反思自己在设计上的喧嚣。谨慎地剔除过多的“水流中的石头”，适当地以图释文以达到相互映衬的恰到好处，避免了喧嚣。

《我像雪花天上来》，算是接近自己唯美的理想了。无论是书的内页和封面，还是“读者见面会”的仪式。

纸质书与纸媒都面临巨大挑战的今天，小小的我居然要继续完成第四本书。

目的只有一个，我想把它献给自己终身受惠的职业，献给这么多年来鼓励支持我的学生弟弟妹妹，献给我的师长朋友，献给网络上下未曾谋面而爱我的书的朋友！

我相信我的书，自有喜欢它的人。

我也秉持水晶心，不让友情为难。我几乎没有向我敬重的校长朋友们提出买我的书的要求。但必须承认，第二本书出版时，我半开玩笑与邢向钊校长提请过的，结果大情大义的王占宝校长赞同助我一臂之力。我后来也知恩图报给占宝校长的公众号写评论，当然也从中获取真知。

郑重地宣布，书是有尊严的，希望得到青睐它的人的爱。希望它大卖。

最后，我想说：

这个世界先爱了我，我怎能辜负它？

2021－05－14　16:52

心比天高

粉红色的夏天。

年轻的时候，觉得心比天高的林黛玉很可爱；年岁越长反倒越淡然了。

其实，清高也是有角度的吧?

大名鼎鼎的席慕蓉居然这么说:“忽然发现一生的种种努力，不过是为了周遭的人对我满意而已。”

清华才女蒋方舟更让我吃惊:“因为太希望别人喜欢自己了，而活成了谄媚的人。”

乍一听，有点奇怪，静下心想想，她们只是以谦卑的姿态来修正自己的出众可能产生的骄矜罢了。

云端上的清醒格外地可人。

想来，最可敬的是无须取悦而又让人舒服的爱情与友情了。

到了这个年龄，再来看黛玉，有点心疼有点着急。玻璃心会让自己很辛苦，也让亲人朋友很揪心。为所谓爱情而献身已经不合时宜。

我们今天已经理智地知道，越需要费力地维持的关系，越值得怀疑。即使值得爱的人也犯不着去拼命，而真正适合自己的、能与自己长久相处的关系，永远不需要你故作谦卑去伪装；永远欣赏的只是真实的你、是独立又相依的你。

踮起脚尖去爱一个人，是不是勉为其难的傻气呢？

没有了自己的讨好，实在卑微；而一味需要你付出金钱或权势的“爱”则很可怜；藏着、掖着、见不得光的“喜欢”就更轻薄了吧？

真爱，其实不轻易说出口。

历尽沧桑，我们深深懂得：

那种深沉的善良、敦厚的磊落、克制的清高——美丽无边。

我很认同“有时弯腰，不是放弃尊严，而是清醒和内心强大”。

活着，需要格局——它往往来自善良。

仅仅爱自己，太小视了。

2021-07-20　09:03

写在《英雄主义》之后

我的《英雄主义》，得到了同学们、尤其是学长学姐们的关注和鼓励。

日前，何杨学友转给我高三学长朱明贡就我的这篇小文章写的读后感。

迅速拜读毕，肃然起敬于我的学长学姐们。

昔日，哥哥姐姐们热忱地关照我们这些初中一年级的小师弟小师妹；今天他们依然春风满面地平和、谦虚。题目里的“读”字立见高度。

古人言：“自伐者无功，自矜者不长。”

学长不喧嚣的沉静、不自夸的谦恭，照见了美丽的情操。

自始至终，文章里没有一句居高临下的评说，有的是温暖的鼓励和赞许。在文末，朱学长气定神闲、小心翼翼地问了一句：

“只是还读不透‘英雄主义’的桂冠。”

这让我想起我们班那位扛过枪的“大兵同志”周穗，他曾向我提出：只有上战场为国家流血流汗才称得上“英雄”呢。这个题目合适吗？

太合适了呢！我笑对他的疑问。

我说，老三届历经坎坷、初心不改、淡然接受命运、勇于拼搏的样子是一种英雄气质，称得上英雄主义。罗曼·罗兰的那句名言我们耳熟能详——

“人生只有一种英雄主义，那就是认清生活的真相之后依然热爱生活”，也可以佐证。

英雄主义的大格局、大无畏、大智慧，非老三届莫属。

我轻轻地禀告学长：老三届经历许多困难抑或苦难，但学长学姐们的沉稳平和深切地感动着我，“英雄主义”在我的心里升腾。我们没有自怨自艾命运的不公，只是沉静地接纳时光带给我们的伤痕，“安静地优秀，悄无声息地坚强”。

“虽然我不敢轻言一代人的灿烂辉煌，或者被英雄主义了，我依然认为我们这代人是优秀的，是国家的基石。”朱明贡学长依然谦虚地、但字斟句酌地说，“这样看来，我也是茅塞顿开”。

认可但有所保留，谦虚但有所坚持。

而李泽环学长对《英雄主义》同样给予热情洋溢的评价，李学长非常诚恳地征求我的意见，入选我们老三届文集的它，是否把我自己博文后记里的“我喜欢这个题目，历经磨难依然相信美好，坚持信念，不是英雄是什么”直接放在文后？

与李学长微信交谈几次，他就是一位可亲可敬的大哥。他的友善和沉稳让人如沐春风，而他在新浪网写诗赋词，行云流水、鹰击长空！

感谢你，学长学姐们！

你们的谨慎、悉心我明白。

谦虚地倾听、理性地思索后，我提出自己的想法：

一般而言，卒章显志起到总结、申明主题的作用。这在考场作文里是必要的，以防阅卷教师时间所限可能判断失误而设置这道安全网。

卒章显志或许是一个套路，而在文章已经环环紧扣、题旨业已诗意地闪烁在文章的灵魂里时，再点醒恐画蛇添足而非画龙点睛了。

我喜欢——画在诗里、诗在画外这种简约含蓄的笔法，读者对文题的进一步思考，恰恰是一种浪漫、隽永。

老师，您好

题记：老师一直认为，文学，是我的正道；

做一个名副其实的语文老师，是我毕生的追求。

深深地望着自己写下的题目，瞬间被温暖裹夹。

我卸下重负了！因为我终于做了一件本应早一点做的事。

我请锦珍老师拿到韶关一中现任校长朱庭通同事朋友的电话。他接到我的请求后旋即帮我查找到许为腾老师的遗孀林瑜芝师母，只可惜林老师前年中风，目前未能流畅地讲电话。庭通校友很细心，还拿来老师的儿子许学杰的电话。我与小许马上通了电话加了微信。

学杰给我发来“全家福”。

岁月似乎并不留痕，师母慈眉善目、笑靥如昨。而眼前玉树临风般的学杰分明还有小不点时的模样。他说他记得我，时常听父母说起的。那时他和弟弟都很小啊！

我更加内疚。

这么多年，种种原因同时极少回粤北，一直没有与师母联系。而时间愈久就愈没有勇气。

无论如何，我确实比不上我的学生。对人恭敬尤其对老师恭敬，其实是庄严自己啊！

能够给我深刻影响的老师，应该不是他们具体教了些什么细碎的或者板块的知识，而是他们教给我目标、能力和勇气。

他们首先是善良的、爱生如子的。

初入师范学校，许老师说我有很好的文学禀赋，对我选读数学以希冀走遍天下的浪漫天真表示质疑，老师说：

“文学更可以爱满天下啊！你的气质和修为更适合文学。”

于是我回到了文科班。

今天，当我回望走过的路，非常感恩老师的指引。

庆幸读书时遇到的都是好老师，工作时碰到的都是好校长。

回到母校不久，廖拔成等老校长就破格让我担任学科组副组长。记得有一次代表学校到韶关师专参加华南师范大学中文系现代文学研究室主任黄新康教授主持的鲁迅文学座谈。我的提问和发言得到了黄老师的关注和鼓励。他当即希望我到华南师大进修。几年后他还希望我考研究生。我至今还保留着一本《广东鲁迅研究》，它刊载了我和我的学生们对鲁迅作品的感想，大约是座谈会后专家来听课并约的稿。后来还收到教授们充满温暖力量的信。

深切记得又过了好几年，黄老师在华师大见到我还非常惋惜地批评我不听话，应该早一点来读书。

毕业几年后我才隐隐约约知道老师果断地谢绝了向我伸出橄榄枝的学校，他对这些学校的校长说我是学汉语言文学的，不是学唱歌跳舞的。

我选择回到我的母校北中，我的愿望与老师想的一致吗？我当时没有问。今天我想，老师一直为我保驾护航，为我圆梦、为我担当！

老师一直认为，文学，是我的正道；做一个名副其实的语文老师，是我毕生的追求。华师大的黄老师、何老师、曾老师、李老师……我高中的班主任李老师还有《广东鲁迅研究》的专家教授，他们都扶我上马送我走远方。

我清晰记得当时八中的校领导问我为什么不愿回八中。

我纯真地回答："我很感恩老师，不会忘记。只是北中读书气氛特别浓烈，我喜欢。"

好多年之后我才知道，快毕业时校领导（八中）提名让我加入时髦的学校文艺宣传队，就是希望我将来回去兼任宣传队的辅导员。宣传队就好比如今的奥赛学科队那样炫目。虽然我回到北中也在课余参与过"文艺角色"，但我那一个月的"文艺功底"很肤浅，不过就是用文学来想象艺术罢了！一年后我以声带结节的理由请求退出。

深深地不能忘记师母像母亲那样亲切地给我整理衣领，那时我太年轻了！看到老师师母从潮汕老家带给我的精美点心和香喷喷的薏米，惊喜地笑着却说不出感谢的话，老师和师母记得我嗓子曾经失音，说薏米对嗓子好……大约，这是我对它的原始的认识吧？

这么多年，我对薏米有一种特别的喜欢。

高中毕业时，班主任李柏桓老师关切地问我想学医还是想当老师呢？我说都挺好，但自己见血会晕。老师遂了我的心愿。而我离开粤北到深圳时，刘华昌老师送我一本当时稀缺的特别厚实的高考复习资料。

点点滴滴在心头。

老师，我不会辜负你们。

后　记

终于明白，无法将现有的资料记录下来；

更无法把那些林林总总的人和事珍藏在第 4 本书里。

因为，美丽永远不属于堆砌。

所幸，记忆的图片大多散落在博客、微博、微信里，永不消逝。

我的学生弟弟妹妹，我的师长朋友！你们，一直在。

深深地爱你们。

凭时间赢来的东西，时间肯定会为之作证。（村上春树）

我以为，我不会再出书了，但一次又一次。

第 1、2 本，是同事们以及新浪网友的鼓动。第 3 本，挚友的痛苦经历促使我写下友情如茶、爱情如树的《我像雪花天上来》。

第 4 本《青》，献给我终身受惠的职业，献给我可爱的学生弟弟妹妹，献给一直扶持我的师长朋友。

2019 年秋，我应邀回到北江河畔，满心欢喜地见到了一批又一批的学生弟弟妹妹。其中，邓燕芬他们那个班的同学大约有 30 年未见了。

不久，又应约与 92 届一群学生在广州沙面重逢，由张韶艳发起、彭宙组织。

此前，在深圳与学生的大大小小的美丽相聚，数不胜数，每一次都带给我深深的感动和喜悦。而这两次活动的时间特别长，在校道上与一批又一批的学生握手合影的情景难以忘怀！我一气呵成《唯有真情与不辜负》；沙面的结集，我以《青》为题作了深度的记录。

第 4 本书以“青”命名。

常常，在万籁俱寂的夜晚，看星辰在瑰丽的蓝天闪烁；在阳光明媚的早晨，听小鸟在清风中歌唱。一路走来，有你们……

记得深圳万科梅沙书院小王院长曾经说他们的老师的眼里，孩子就是美好的初恋：他们青葱、他们骄傲、他们会犯错、他们会改过，他们是未来的领袖、他们是自己的学生，他们就是老师的最爱。王赫院长因而特别提到爱尔兰诗人罗伊·克里夫特的这句诗：

“我爱你，并不是因为你是谁；而是因为在你眼里，我是谁。”

在学生的眼里，老师是那样的纯粹、可亲可敬。

我深深知道，我不能辜负这种犹如亲情、甚至超越亲情的敬爱。

大约最遥远的记忆是：在街头看到洒满露水的碧绿的菜心，不禁低头抚摸着它并随口问价，头上飘下来一句话：“不用钱”。我抬头一看，是学生！不好意思地笑着转身离开。学生却追上来，我几番推辞才罢。

1990 年，我带学生妹妹陈磊赴京参加全国中学生演讲比赛。赛后，在首都中央机关工作的钟真真学生弟弟，开心地领着我去吃当时粤北人鲜见的肯德基；去看圆明园遗址；去观赏中学课本里《荷塘月色》中的清华园的那一池水……返程时，我没再乘机，真真弟弟半夜送车并带给我满满一袋水蜜桃，直到铃声响了才跳下火车。之后他还回母校，陪我一起去买菜，碰到的同事还问：“是你弟弟吗？”

很年轻时，怕汽车的我到广州是直接住到王月芳以及林伯川、范丽明家里的。后来也到过谢妙玲、何竹雅的家。再后来孩子在中大读本科时，丢了新自行车，月芳闻讯马上跑到学校送给孩子一辆；感冒生病的时候，宾景云带去一药箱的药……

在我的生命里，我与我的学生情同手足。

我以为，可以悉数收藏那些美丽于《青》里！

但文学告诉我，很难。

现实也告诉我，不容易。

比如，我希望到与自己文字交流较多的、远在大连的核电专家廖伟明学生弟弟的红沿河核电那里参观访问，却因疫情而搁浅。

又如，《青》这篇文章，我曾在排版中挤入其他场合的两张学生合影，却因文字与图片场景不符而不得不放弃。

“寂寂梨花、淡淡其华，轻轻飘散、随风入画”。

我相信，爱我的学生弟弟妹妹会从书中的只言片语，得到共鸣；会在零星的图片里拾获欢声笑语。

第 3、4 本书摒弃了之前图片过多的繁冗，力求简洁不喧嚣。

做第 1、2 本书的时候，我为挤进一张图片而开怀，后来才醒悟：美，要恰如其分、要点到即止、要矜持沉稳。

前面的路不白走。

今天，在图片的处理上有一个创新。

分别用于《桃花潭水深千尺》、《何须星光》以及《把酒祝东风，且共从容》文。

疫情之后，我第一次离开深圳，前往禅城佛山送毕国恒校长最后一程。

之后，一群在穗的好友策划了一个半路迎接我的计划，她们忙活了大半天。见面时的喜悦至今历历在目。先是大家逐一与我合影，然后大合照。次日我铺叙照片来显示“深千尺”的友情。收入此文必须连同照片一起，否则表达上会苍白。

我为此创设了“花瓣”图形：

将若干个两人的小图独立又统一起来，做成一朵花。既突出主旨又美观还简略。

我的生命旅途，总有人适时地现身扶持鼓舞我：

校长、老师、同学、学生甚至邻居以及众多的亲朋好友。

也有网友。

记不清太多的擦肩而过的网友。印象很深的不但有赵骥编辑，还有好些个年轻人：有大学生，也有上班族。他们告诉我在温州图书馆、天津图书馆、北京朝阳图书馆看到我的书。

一直难忘云南临沧的赵姝（心静网友）小妹，大约因为她当教师7年，后因故改行这个特殊经历。记得她在临沧市新知书店买到我的《我像雪花天上来》时兴奋地与我联系的情景，她像一个久别重逢的朋友那样真诚地、热切地告知我她的酸甜苦辣，说我的书给了她温暖和力量，她很喜欢。也有一个更年轻的地理专业的硕士生，他说他要争取到我在微博上标注的单位（深圳高级中学）工作。结果小伙子真的在上海参加了我的学校在沪的招聘考核，如愿以偿。

网上网下，给我友情；更给我力量。

我从人民日报微博等公众号获取许多真知，也在国家疫情紧急状态下分别向它和人民网、中国网、中新网、央视新闻网、深圳新闻网等微博发私信提建议。

它们是无声的心灵朋友。

迄今为止，我的一则微博一天的访客最多为四五十万之多。这个小小的窗口，给我大大的世界。

出书也纯属偶然，又幸运地遇到海天出版社的非常认同我的王颖编辑，我的第 1 和第 3 本书都由她主持编辑。她审阅了我的书稿后，大度地同意我自行设计版面，让我快乐地喜欢着自己的喜欢。当校对与我的意见有某些不同时，她及时召开商榷会，与校对科的同事一起谦虚地聆听了我的意见，最后包括科长在内的所有人都鼓励支持我的观点。

第 4 本书，身体欠佳的她向我推荐了刘翠文编辑担任责编。

新书的亮点：

1. 深圳高级中学的美术教师潘常欢同事友情设计封面；

2. 由北方的未曾谋面的网友赵骥编辑写序；

3. 设立签名页。这要感谢我的母校今年 11 月初的 90 周年校庆日活动引发了这个亮点。新书出版，出版社同意我将少量书寄返粤北由我的母校义卖，所得书款归入我们老三届的爱心捐助的数字里。钟东校长热忱支持、欣然同意。出版社将在浪漫的签名页里加印我的手签字。

潘老师巧妙地将我的小文集的三个意象：

蝴蝶、玫瑰、水晶编织在如梦如幻的紫蓝色的封面里。

粉色的玫瑰袅袅婷婷，曼妙的彩蝶婀娜在它的上方，点点星光中升腾起的“青”字带着一个长长的深蓝的背影……

“青出于蓝而胜于蓝”的主旨诗意灵动地呼之欲出。

潘常欢老师大度谦虚地应允出版方可以对他旋即创造的封面进行修改。承接海天出版社装帧设计的斯迈德设计公司的李恒毅设计师把原创的一只工笔花蝴蝶改为灵动的与玫瑰同色的飞翔中的写意蝴蝶。这是不同角度的绽放。

而可爱的未曾谋面却已相知的赵骥编辑则说我是那种“人可负我而我不负人”的人，还说我有“高洁美丽的坚持”。对于这个可爱的评价，我欣然而不飘然。

我与赵编辑的友谊始于 2014 年初春。她从我的一则小文章洞察了我淡淡的忧伤，便剑胆琴心地扶助我。深切记得那个春风荡漾的寒夜，月光很柔和。她以她的学识、人品和智慧给予我前所未有的力量和美丽。

一路走来，许多许多人点燃了我，帮助了我而未能记录。但这些美丽永远闪烁在书中、在我的心里。像花、像云、像彩霞!

在此，也特别鸣谢深圳海天出版社暨斯迈德设计公司多年来对我的鼓励支持帮助。他们慷慨地给予我奇思异想的舞台，让我的审美融入排版艺术里。

特别鸣谢第3本以及第4本书的排版技师：田灵琴、朱玉洁、张尧、陈小燕。

特别鸣谢责任编辑：王颖（第1，第3本书）王颍（第2本书）刘翠文（第4本书）。